スパイガール！

～ドキドキすぎ!?
御曹司の危険な臨海学校～

相川 真・作
葛西 尚・絵

集英社みらい文庫

目次《もくじ》

contents

目《め》が合《あ》うたびに、鼓動《こどう》がはねる。
その声《こえ》が、心《こころ》をふるわせる。
名前《なまえ》を呼《よ》ばれるたびに、うれしくて、たまらなくて。
きっとそれが、恋《こい》、ってやつなのかな。

でもね……それに気《き》づかないふりをする。
はねる鼓動《こどう》も、ふるえる心《こころ》も、みんな、みんな、知《し》らないふりをする。
この気《き》持《も》ちは、ほんとうにしてはいけないから。
いつかきっと、ぜんぶあふれてしまう、そのときまで。

この気《き》持《も》ちは、そっと心《こころ》に、とじこめておくんだ。

登《とう》場《じょう》人《じん》物《ぶつ》紹《しょう》介《かい》

character

好《す》きになっちゃダメだよ
スパイは目立《めだ》つな
女《おんな》なら、守《まも》られとけよ
おれでもいいじゃん
蓮《れん》夜《や》先《せん》輩《ぱい》
中《ちゅう》2。晴《はる》たちのスパイの先輩《せんぱい》。
天使《てんし》みたいだけど、ドS《エス》。
奈《な》々《な》木《き》新《しん》
中《ちゅう》1。晴《はる》のバディ。
いつも冷静《れいせい》で優秀《ゆうしゅう》なスパイ。
黒《くろ》宮《みや》コウガ
財閥《ざいばつ》の跡取《あとと》りで、成績優秀《せいせきゆうしゅう》、
超《ちょう》イケメン。ひみつがある？
間《ま》広《ひろ》奏《かな》汰《た》
コウガの友《とも》だち。
サッカー部《ぶ》で芸能人《げいのうじん》。

あらすじ

story

ダメっ子《こ》転《てん》校《こう》生《せい》は、実《じつ》は最《さい》強《きょう》スパイ!?

わたし、雪《ゆき》乃《の》晴《はる》。中《ちゅう》1だよ。
実《じつ》は、最《さい》強《きょう》スパイなんだ。
恋《こい》にあこがれる、女《おんな》の子《こ》なんだけどね。

財閥《ざいばつ》の御曹司《おんぞうし》『黒宮《くろみや》コウガ』の護衛《ごえい》のために、
ニセモノ彼女《かのじょ》として、学園《がくえん》に潜入《せんにゅう》!
普段《ふだん》は弱《よわ》いフリしてるよ。

臨海学校《りんかいがっこう》でほれ薬《ぐすり》を使《つか》って、
コウガとラブラブの
恋人同士《こいびとどうし》になって、
敵《てき》スパイから
守《まも》るのがミッション！

コウガは急《きゅう》に
「晴《はる》、お前《まえ》はおれのだろ」
なんて…刺激《しげき》が強《つよ》すぎて、ムリ!!

しかも、クールなバディの新《しん》が
「晴《はる》のためなら、死《し》んでもいい」なんて
言《い》いだすし!?

スパイは恋愛禁止《れんあいきんし》！
好《す》きになっちゃダメなのに、
ドキドキが止《と》まらない!!?

つづきは小説《しょうせつ》を読《よ》んでね♡

1 図書館《としょかん》の襲撃《しゅうげき》

学校《がっこう》の図書館《としょかん》は、ひみつの場所《ばしょ》。

窓《まど》からは、午後《ごご》の光《ひかり》がやわらかくさしこんでいる。

本棚《ほんだな》の一番上《いちばんうえ》を見上《みあ》げた。あそこにほしい本《ほん》があるんだけど、とどかないんだ。

うーんってけんめいに手《て》をのばしていると、ふいにだれかの大《おお》きな手《て》が、その本《ほん》をするりとさらっていく。

慌《あわ》ててふりかえると、その人《ひと》が、本《ほん》を片手《かたて》に笑《わら》っていた。

王子様《おうじさま》みたいな男《おとこ》の子《こ》だ。

ぶっきらぼうで、いつもちょっとだけいじわる。

でも時々《ときどき》……やさしいって知《し》っている、そんな人《ひと》。

照《て》れたように耳《みみ》のはしっこを赤《あか》くして、本《ほん》をわたしてくれる。

そうしてあたりを見回《みまわ》して、だれも来《こ》ないことを確認《かくにん》したりして。

本棚《ほんだな》のはざまで、そっとわたしに手《て》をのばす。

あたたかな手《て》のひらが、頬《ほお》に触《ふ》れて、ふたりで見《み》つめあって――。


「――なんてことが、あるかも！」


わたしは、両手《りょうて》でぎゅっと頬《ほお》をおさえた。

甘酸《あまず》っぱい妄想《もうそう》に、イスに座《すわ》った足《あし》を、ぱたぱたとはねあげる。

学校《がっこう》の図書館《としょかん》っていえば、ドキドキなシチュエーションがいっぱいだもん。

大好《だいす》きな恋愛《れんあい》マンガ、『わたしと、屋上《おくじょう》の王子様《プリンス》』（通称《つうしょう》『わたプリ』）にも、図書館《としょかん》のシーンがある。

主人公《しゅじんこう》のヒメノちゃんが、男《おとこ》の子《こ》に、本《ほん》をとってもらうシーン！

そこから、これまでただのクラスメイトだった男《おとこ》の子《こ》のこと、意識《いしき》しちゃうんだよね。

あーあ、わたしもあんな恋《こい》、してみたいなあ……！


わたし、雪乃《ゆきの》晴《はる》。

私立春町学園中等部《しりつはるまちがくえんちゅうとうぶ》の一年生《ねんせい》で、恋愛《れんあい》マンガみたいな恋《こい》をしたい！　って思《おも》ってる、とっても普通《ふつう》の女《おんな》の子《こ》だよ！

……うーん、普通《ふつう》、っていうのは、ちょっとちがうかも、だけど。

と、とにかく、春町学園《はるまちがくえん》は、お金持《かねも》ちの子《こ》どもや、芸能人《げいのうじん》が通《かよ》う学校《がっこう》なんだ。

だから図書館《としょかん》も大《おお》きくて、なんと三階建《がいだ》て。

真《ま》ん中《なか》は吹《ふ》きぬけになっていて、天井《てんじょう》から大《おお》きなシャンデリアがぶらさがっている。

わたしは三階《がい》の自習《じしゅう》スペースで、はあ、とため息《いき》をついた。

「わたしにも来《こ》ないかなあ、王子様《おうじさま》との出会《であ》い」

「――なにが、王子様《おうじさま》だ」

氷《こおり》みたいな声《こえ》がした。正面《しょうめん》に座《すわ》った男《おとこ》の子《こ》が、頬杖《ほおづえ》をついてこっちを見《み》てる。

「妄想《もうそう》してる場合《ばあい》じゃないだろ、晴《はる》」

奈々木新《ななきしん》。

わたしより少《すこ》し高《たか》い身長《しんちょう》に、明《あか》るいブラウンの髪《かみ》、瞳《ひとみ》は紅茶色《こうちゃいろ》。これはコンタクトで、色《いろ》を変《か》えているって聞《き》いたことがある。

ほんとうの色《いろ》は、わたしも知《し》らないんだ。

新《しん》はわたしと同《おな》じクラスの男《おとこ》の子《こ》で――大切《たいせつ》な〝相棒《あいぼう》〟なんだよ。

わたしは、すいっと目《め》をそらした。

「……妄想《もうそう》とか、してませんけど」

「ウソつくな」

新《しん》の手《て》がのびてきて、わたしの頬《ほお》をはさんだ。

「目《め》がキラキラしてんだよ。晴《はる》がそういう目《め》をするときは、だいたい妄想《もうそう》してるときだ」

うっ、正解《せいかい》。

「で、そうやって目《め》をそらすときは、ウソついてるとき。相棒《あいぼう》、なめんなよ」

……それも、正解《せいかい》。

「ほへんははぁい……」

ほっぺたをはさまれたまま謝《あやま》ると、新《しん》が手《て》をはなしてくれた。

「わかってるのか、もうすぐ中間《ちゅうかん》テストなんだぞ」

春町学園《はるまちがくえん》は、来週《らいしゅう》から中間《ちゅうかん》テスト期間《きかん》なの。

「わかってるって。こうやってちゃんとテスト勉強《べんきょう》してるから、心配《しんぱい》ないよ！」

「数学以外《すうがくいがい》な」

ぐっ……。数学《すうがく》、ホント苦手《にがて》なんだよね。

だから今日《きょう》は、図書館《としょかん》で新《しん》に教《おし》えてもらってるんだ。

新《しん》はすごく優秀《ゆうしゅう》なんだよ。中学生《ちゅうがくせい》の勉強《べんきょう》ならたぶん全教科《ぜんきょうか》、満点《まんてん》だと思《おも》う。

「が、がんばるよ！　たぶんいけるはず。うん、きっと……できるだけ……？」

「ちょっとずつ、自信《じしん》なさそうになるな」

まったく、とシャープペンシルの背《せ》で、新《しん》がこつりと机《つくえ》をたたいた。

「赤点《あかてん》なんかとってみろ。ミッションに支障《ししょう》がでる——おれたちは、スパイなんだからな」

その瞬間《しゅんかん》、すっと空気《くうき》がひきしまった。

そう——実《じつ》は、わたしと新《しん》は普通《ふつう》の中学生《ちゅうがくせい》じゃない。

ある目的《もくてき》のために、春町学園《はるまちがくえん》に潜入《せんにゅう》したスパイなんだ！


——『ナイト・エージェンシー』。通称《つうしょう》『夜《ナイト》』。

たくさんのスパイ・エージェントが所属《しょぞく》する組織《そしき》なんだ。

悪徳企業《あくとくきぎょう》の不正《ふせい》を暴《あば》いたり、えらい人《ひと》の護衛《ごえい》をしたり。

ときには、誘拐《ゆうかい》された人《ひと》を助《たす》けたり、敵《てき》とたたかうこともあるんだよ。

わたしたちは、そんな『夜《ナイト》』に所属《しょぞく》する、子《こ》どものスパイ『リトル・エージェント』だ。

そしてわたしと新《しん》は、おたがいに背中《せなか》をあずけあう、相棒《あいぼう》なんだよ！

新《しん》ってすごいんだ。

『夜《ナイト》』にはリトル・エージェントの訓練学校《くんれんがっこう》があるんだけど、新《しん》は一番《ばん》の成績《せいせき》だった。爆弾処理《ばくだんしょり》も、弾道計算《だんどうけいさん》も、毒《どく》の調合《ちょうごう》も、コミュニケーションも、語学《ごがく》もね。

それにモデルみたいにカッコいいから、特《とく》に女《おんな》の子《こ》のエージェントに大人気《だいにんき》だった。

だからみんな新《しん》がだれと組《く》むのか、注目《ちゅうもく》してたんだ。

そして新《しん》は……わたしを相棒《あいぼう》に選《えら》んでくれた。

わたしはそれが、すごくうれしかったんだ。

クールでなんでもできて、カッコいい新《しん》が……実《じつ》は、やさしいやつなんだって。

ちゃんと知《し》っているから。


新《しん》が肩《かた》をすくめた。しかたないなあって感《かん》じで、すこしだけ笑《わら》っている。

「ちゃんと教《おし》えてやるから」

ほらね、やっぱり新《しん》はやさしい。

「ありがとう、新《しん》！」

シャープペンシルを持《も》ちなおして、ノートにむきあう。

このx《エックス》とy《ワイ》ってのが、クセモノなんだよなあ……。

「そこ、ちがう」

とたんに、ビシッと新《しん》の声《こえ》が飛《と》んできた。

「あと、こことここも。そっちの式《しき》は、ぜんぶまちがってる、やりなおし」

「えっ、ぜんぶ⁉」

「上《うえ》から下《した》まで。早《はや》くやれ」

「うー……っ！」

ぜんぶやりなおし、に頭《あたま》をかかえていたときだ。

「ははっ」

となりで、小《ちい》さな笑《わら》い声《ごえ》がした。

さざなみのような静《しず》かな声《こえ》だ。それなのに、こっちをからかっているってしっかりわかるくらいには、はずんでいる。

わたしは、むっとしながらとなりを見《み》た。

「――ばーか」

男《おとこ》の子《こ》が、ちらっと赤《あか》い舌《した》をだして、笑《わら》っていた。

黒宮高雅《くろみやこうが》。

すらりと高《たか》い背《せ》に、髪《かみ》は深《ふか》い夜《よる》と同《おな》じ色《いろ》。長《なが》いまつ毛《げ》のむこうから、その夜《よる》が明《あ》けたように、真《ま》っ赤《か》な瞳《ひとみ》が強気《つよき》に輝《かがや》いている。

不敵《ふてき》な笑《え》みと、海《うみ》が凪《な》いだような静《しず》かな声《こえ》は、まさしく王様《おうさま》。

学校《がっこう》では文武両道《ぶんぶりょうどう》、成績優秀《せいせきゆうしゅう》で……くやしいけど、非《ひ》の打《う》ちどころがないってやつだ。

コウガは、くっと笑《わら》った。

「そんなんで、おれの護衛《ごえい》が務《つと》まるのかよ、だめスパイさん」

「だめって言《い》うな！」

すっごくカッコいいのに……黒宮《くろみや》コウガは、やなやつだ！

コウガもわたしと同《おな》じクラス。そしてなんと、恋人《こいびと》……なんだよね。

……もちろん、ミッションのためのニセモノ、だけど！

――わたしたち『夜《ナイト》』が、この学校《がっこう》に潜入《せんにゅう》している目的《もくてき》。

それは、この黒宮《くろみや》コウガの護衛《ごえい》なんだ。

コウガは黒宮財閥《くろみやざいばつ》っていう、ものすごくお金持《かねも》ちのおうちの跡取《あとと》りなんだ。

いわゆる、御曹司《おんぞうし》ってやつ。

黒宮財閥《くろみやざいばつ》は世界中《せかいじゅう》に会社《かいしゃ》を持《も》っていて、そのぶん、危険《きけん》なことも多《おお》いんだよね。

だからわたしたちは、コウガを敵《てき》から守《まも》るためにやってきた。

もちろん、黒宮家《くろみやけ》の護衛《ごえい》もいるけど、学校内《がっこうない》は同《おな》じ中学生《ちゅうがくせい》のほうが、守《まも》りやすいからね。

コウガは、わたしのノートをのぞきこんだ。

「ああ、でもその図《ず》は、よくできてると思《おも》うぜ」

「えっ、ホント!?」

顔《かお》をあげて——わたしはギシッとかたまった。

コウガの顔《かお》が、すぐそばにあったから。

「ち、近《ちか》い！」

慌《あわ》てて、ばっと顔《かお》をはなす。

この距離《きょり》は、あれじゃん！

午後《ごご》のうららかな光《ひかり》さしこむ、本棚《ほんだな》のあいだで、見《み》つめあう距離《きょり》じゃん！

ニヤッと、コウガが笑《わら》った。

「なに想像《そうぞう》したんだよ、恋愛《れんあい》マンガ大好《だいす》きの晴《はる》ちゃんは」

ぐっとさらに顔《かお》を近《ちか》づけられて、わたしは逃《に》げるみたいにのけぞった。

う、ぐぅ……もう声《こえ》がからかってる、ぜったいおもしろがってる！

あと、たぶん自分《じぶん》の顔《かお》がいい、ってこともわかってる……。

わたしはぼそっとつぶやいた。

「ナルシストキング……」

「だれがナルシストだ、ばか」

コウガの長《なが》い指《ゆび》が、わたしのあごをひょいっとすくいあげた。

「ほら、そんな慌《あわ》てると不自然《ふしぜん》だろ。晴《はる》は——おれの彼女《かのじょ》なんだから」

ドキッ！

鼓動《こどう》が、はねあがった。

「ニセモノだからっ！　ほ、ホントの彼女《かのじょ》じゃないんだから！」

うー、なんでこんな〝ニセモノ彼女作戦《かのじょさくせん》〟になっちゃったんだろ。

恋人《こいびと》ってことにしておくと、護衛《ごえい》のためにいつもいっしょにいても、不自然《ふしぜん》じゃないからってことみたいだけど……。

でもコウガは、わたしが慌《あわ》てててるのを見《み》て、たぶん楽《たの》しんでる。

だから、こうやってからかってくるんだ。

……いじわるキングめ。

ぱっと顔《かお》をそむけると、コウガがニヤッと笑《わら》った。

その赤《あか》い瞳《ひとみ》に揺《ゆ》れる勝《か》ち気《き》な光《ひかり》も、のどの奥《おく》からこぼれる、からかいを含《ふく》んだ声《こえ》も。

むかつくはずなのに。……やっぱり、ちょっとカッコいいって、思《おも》っちゃう。

むしょうにざわざわして、まっすぐ顔《かお》を見《み》られないっていうか、はずかしいっていうか。

……ドキドキ、する。

これって、もしかして――。

「――晴《はる》」

新《しん》の、紅茶色《こうちゃいろ》の瞳《ひとみ》がこっちを見《み》ている。

わかってる、新《しん》の言《い》いたいこと。

コウガとの恋《こい》は……ほんとうに、しちゃいけない。

わたしは、コウガを守《まも》るスパイ。

ミッションがおわれば……サヨナラするんだ。

だからこの気持《きも》ちは、きっと気《き》のせいなんだ。

そのときだった。

ちりっと、気配《けはい》を感《かん》じて、わたしはガタッと立《た》ちあがった。

……今《いま》、だれかがこっちを見《み》てた。

ふわっと、お花《はな》のにおいがした。

とろけるような甘《あま》いにおい……ここは図書館《としょかん》なのに、どこから？

「晴《はる》、気《き》をつけろ」

新《しん》も立《た》ちあがって、油断《ゆだん》なくあたりをうかがっている。

やっぱり、なにかおかしい。

「コウガ。立《た》って本棚《ほんだな》を背《せ》にして。わたしたちからはなれないで」

いつのまにか、図書館《としょかん》のなかには、生徒《せいと》たちがだれもいなくなってる。

まずい。そう思《おも》った瞬間《しゅんかん》だった。

「――黒宮《くろみや》コウガだな」

ふいに通路《つうろ》から、人《ひと》かげがわきだした。黒《くろ》いスーツを着《き》た男《おとこ》たちだ。ぜんぶで五人《にん》。

わたしと新《しん》は、コウガのまえに、かばうように立《た》ちはだかった。

コウガが言《い》った。

「なんの用《よう》だ」

「お前《まえ》に話《はなし》がある。いっしょに来《き》てもらおうか」

真《ま》ん中《なか》の黒服《くろふく》が、ははっと笑《わら》う。コウガはきっぱりと言《い》った。

「断《ことわ》る」

黒服《くろふく》が、チッと舌打《したう》ちをした。

「なら、力《ちから》ずくだ！」

コウガが肩《かた》をふるわせて笑《わら》った。その赤《あか》い瞳《ひとみ》であたりを見回《みまわ》す。

「はは、やってみろよ。おれには優秀《ゆうしゅう》な護衛《ごえい》がついてる」

黒服《くろふく》がふんっと笑《わら》った。

「なにが優秀《ゆうしゅう》だ。どっちも子《こ》どもじゃないか。それに、片方《かたほう》は女《おんな》だぞ」

あっ、今《いま》ばかにされた！

子《こ》どもだし、女《おんな》の子《こ》だからって、わたしが弱《よわ》いって思《おも》われてる。

見《み》た目《め》だけで決《き》めつけるなんて——そういうの、浅《あさ》はかって言《い》うんだよ。

見《み》てろ。

わたしは、ぐっと両腕《りょううで》を組《く》んでまえにむかって、のばした。

準備体操《じゅんびたいそう》ってつもりで、ぐるぐると肩《かた》をまわす。

トントンッて足先《あしさき》で何度《なんど》か床《ゆか》をたたいて――。

バンッ！

床《ゆか》を蹴《け》りつけると、一瞬《いっしゅん》で、手前《てまえ》の黒服《くろふく》と距離《きょり》をつめた！

懐《ふところ》にもぐりこんでその顔《かお》を見上《みあ》げる。黒服《くろふく》の目《め》が、ぎょっと見開《みひら》かれた。

「なっ、まて！」

後《うし》ろから、からかうみたいな、コウガの声《こえ》が飛《と》んでくる。

「気《き》をつけろよ、そいつ女《おんな》だけど――最強《さいきょう》らしいぜ」

わたしは片手《かたて》を床《ゆか》について、くるっと体《からだ》をひねった。

真横《まよこ》から飛《と》んできたわたしの足《あし》が、ぎょっとしたままの男《おとこ》を蹴《け》りたおす！

「ぐっ！」

「な、なんだ！　はなれろ！」

残《のこ》った黒服《くろふく》たちが、慌《あわ》てたように距離《きょり》をとる。新《しん》が言《い》った。

「図書館《としょかん》はおれたち以外《いがい》、だれもいない。すでに敵《てき》の手《て》に落《お》ちたと見《み》ていい」

「じゃあ、思《おも》いっきりやっていいってことだよね！」

わたしは、そばの本棚《ほんだな》にひっかかっていた忘《わす》れものの傘《かさ》を、ひょいっと足《あし》ではねあげた。

「ばか、暴《あば》れすぎるなってことだよ。原状復帰《げんじょうふっき》が大変《たいへん》だ」

「あ、そっか」

原状復帰《げんじょうふっき》、っていうのは、暴《あば》れたらそのぶん、もとに戻《もど》さなくちゃいけないってこと。

こっそり学校《がっこう》に潜入《せんにゅう》してるんだから、バレるわけにはいかないんだよね。

新《しん》が腕《うで》を組《く》んで、その紅茶色《こうちゃいろ》の瞳《ひとみ》をまたたかせた。

「油断《ゆだん》するなよ、晴《はる》……って言《い》っても、お前《まえ》の敵《てき》じゃないだろうけど」

スパイの技術《ぎじゅつ》も、勉強《べんきょう》も、わたしは新《しん》にかなわなかった。

でもひとつだけ、だれにも負《ま》けないものがある。

戦闘《せんとう》だ。

傘《かさ》を正面《しょうめん》にかまえる。目《め》をとじて、す、と息《いき》を吸《す》う。

音《おと》がどこか遠《とお》くに行《い》って、心《こころ》が静《しず》かになる。

わたしたちは夜《ナイト》。闇《やみ》からやってきて、敵《てき》を倒《たお》すものだ。

ぱっと目《め》をあけた。

正面《しょうめん》のひとりにかけ寄《よ》ると、その腕《うで》をがっとつかむ。

「よっ！」

足《あし》をはらって投《な》げとばした！

「うわああっ！」

ドンッ！

真後《まうし》ろにいたもうひとりを巻《ま》きこんで、本棚《ほんだな》にぶつかる。

よし、これであとふたり！

残《のこ》りのうちひとりが、ポケットに手《て》をつっこんで叫《さけ》んだ。

「動《うご》くなよっ」

とりだしたのは、ぎらりと光《ひか》る細《ほそ》いナイフだ。切《き》っ先《さき》をコウガにむけている。

「あぶないじゃん、なにすんの！」

床《ゆか》を蹴《け》って、傘《かさ》の先端《せんたん》でナイフをはねあげた。

手《て》から飛《と》んだナイフが、ダンッと本棚《ほんだな》につきささる。

「なっ⁉」

男《おとこ》が目《め》を見開《みひら》いたところで、跳《と》びあがって、その肩《かた》に足《あし》をかけた。

床《ゆか》に蹴《け》りたおすのと同時《どうじ》に、その後《うし》ろにいたもうひとりを、傘《かさ》で床《ゆか》にたたきふせる！
「ぐあぁっ！」
すたっと着地《ちゃくち》！　成功《せいこう》！
あたりを見回《みまわ》すと、吹《ふ》きぬけの下《した》で、なにかが動《うご》いた気《き》がした。
一階《いっかい》に、もうひとり！　懐《ふところ》に手《て》をつっこんでいた。
そこからのぞく、黒塗《くろぬ》りのそれを見《み》た瞬間《しゅんかん》。わたしは叫《さけ》んだ。
「銃《じゅう》だ、コウガ伏《ふ》せて！」
わたしは傘《かさ》を投《な》げすてると、吹《ふ》きぬけの柵《さく》を飛《と》びこえた。
天井《てんじょう》からぶらさがっているシャンデリアに飛《と》びうつる。
ぐいん、と揺《ゆ》れたシャンデリアの、クリスタルがからからと音《おと》を立《た》てる。
そのまま、下《した》にむかって飛《と》びおりた！
敵《てき》の銃口《じゅうこう》が、こっちをむく。引《ひ》き金《がね》に指《ゆび》がかかる——。
その瞬間《しゅんかん》、わたしは二階《かい》の柵《さく》を蹴《け》って、体《からだ》のむきを変《か》えた！
バンッ！
銃弾《じゅうだん》が頬《ほお》をかすめる！

ダンッ！　一階《いっかい》に着地《ちゃくち》したその状態《じょうたい》から、体《からだ》をはねあげた！

「あたらないよ、そんなの！」

黒服《くろふく》の腕《うで》を蹴《け》りつける。からからと床《ゆか》に、黒《くろ》い銃《じゅう》が転《ころ》がっていく。

それを追《お》った背中《せなか》に、真後《まうし》ろから飛《と》び蹴《げ》りを入《い》れた！

「うわああっ！」

黒服《くろふく》の叫《さけ》び声《ごえ》を最後《さいご》に、しん、と静寂《せいじゃく》がおとずれる。

……ふう。これでぜんぶ倒《たお》したかなあ。

「だいじょうぶか、晴《はる》！」

ふりかえると、新《しん》とコウガがかけ寄《よ》ってくるところだった。

「撃《う》たれたのか!?」

「ぐえっ」

新《しん》の両手《りょうて》が、わたしの頬《ほお》をはさんで、ぐいっと上《うえ》をむかされる。

「だいじょうぶ、ちゃんとよけたって」

く、苦《くる》しいってば！

じたばたしていると、新《しん》がはあっとため息《いき》をついて、わたしの頬《ほお》をはなした。

「銃《じゅう》のまえに飛《と》びだすな！」

「コウガがねらわれてたんだもん。体《からだ》が勝手《かって》に動《うご》いたんだ……ごめん」

でもわたしは、こらえきれずに、むずむずと顔《かお》をほころばせた。

「新《しん》、心配《しんぱい》してくれたんだ、ありがとう」

新《しん》はハッとしたあと、ふん、とよそをむいた。

「……お前《まえ》がケガすると、護衛計画《ごえいけいかく》がだいなしになるだろ」

ええ……相棒《あいぼう》に対《たい》して、ちょっとつめたすぎない？

でも、そのあと、新《しん》は言《い》ったんだ。

「…………晴《はる》が無事《ぶじ》でよかった」

すっごく小《ちい》さな声《こえ》だったけどね。

ほら、やっぱり。

わたしの相棒《あいぼう》は、やさしくていいやつなんだ。

2 天文塔《てんもんとう》の作戦会議《さくせんかいぎ》

真四角《ましかく》のケーキみたいな、真《ま》っ白《しろ》な校舎《こうしゃ》をぬけて、坂《さか》をあがったところ。

夕暮《ゆうぐ》れに長《なが》いかげをひいた、赤《あか》いレンガの塔《とう》――『天文塔《てんもんとう》』だ。

扉《とびら》をあけて、らせん階段《かいだん》をぐるぐるとのぼると、ドアがある。

そのまえに、ちょこん、と小《ちい》さな黒《くろ》ネコが座《すわ》っていた。

「ホクト！」

「にゃあんっ！」

黒《くろ》ネコ、ホクトはわたしの肩《かた》にひょいっと飛《と》びのった。

ごろごろのどをならしているホクトは、ネコだけど、実《じつ》はちゃんと、『夜《ナイト》』のエージェントでもあるんだよ。

目《め》の前《まえ》の扉《とびら》には、『天文部《てんもんぶ》』ってかかれたプレートがぶらさがっている。

この天文部《てんもんぶ》が、わたしたちスパイチームの、作戦室《さくせんしつ》なんだ。

ドアをあけると、部屋《へや》の奥《おく》から声《こえ》がかかった。

「――おつかれさま、晴《はる》、新《しん》、そして黒宮《くろみや》くん。大変《たいへん》だったね」

あったかくてやわらかな、春風《はるかぜ》みたいな声《こえ》だった。

ふりかえると、ひらひらと男《おとこ》の子《こ》が手《て》をふって、歩《あゆ》み寄《よ》ってくるところだった。

「蓮夜先輩《れんやせんぱい》！」

志真蓮夜先輩《しまれんやせんぱい》。

わたしたちのひとつ先輩《せんぱい》で、『夜《ナイト》』のエージェントなの。

訓練学校時代《くんれんがっこうじだい》は、わたしと新《しん》を指導《しどう》してくれていたんだよ。

つややかな髪《かみ》はくせのある淡《あわ》いブラウン、やさしくてやわらかな雰囲気《ふんいき》と、極上《ごくじょう》の笑顔《えがお》は、まさしく天使様《てんしさま》。

なんだけど……。

「でも、ちょっと暴《あば》れすぎかなあ。晴《はる》？」

まぶたをふちどる長《なが》いまつ毛《げ》のむこう、琥珀色《こはくいろ》の瞳《ひとみ》は、ちっとも笑《わら》っていない……。

わたしはびくっとした。

「す、すみませんっ」

「次《つぎ》は気《き》をつけようね？」

……先輩《せんぱい》の笑顔《えがお》には、ものすごく圧《あつ》がある。

訓練学校《くんれんがっこう》のときだって、このにっこにこの笑顔《えがお》のまま、北極《ほっきょく》でサバイバルさせられたり、真《ま》っ暗《くら》な地下道《ちかどう》につき落《お》とされたりしたんだ。

「さっき新《しん》から、連絡《れんらく》をもらったよ。図書館《としょかん》の刺客《しかく》は、晴《はる》がぜんぶ倒《たお》したんだね。六人《にん》をひとりで倒《たお》しちゃうなんて、さすが――」

先輩《せんぱい》が、ちらっとこっちを見《み》た。うわ、いやな予感《よかん》！

「――『雪鬼《ゆきおに》』なだけあるね」

「ああっ！　やめてください！」

あわてて、ぶんぶんと両手《りょうて》をふった。

となりで、コウガが吹《ふ》きだした。

「ははっ、何回聞《なんかいき》いても笑《わら》えるわ、お前《まえ》のそれ」

「笑《わら》うなっ！　わたしだって気《き》に入《い》ってない！」

…………『雪鬼《ゆきおに》』っていうのは、わたしの二《ふた》つ名《な》なんだ。

わたしの『ほんとうの武器《ぶき》』の色《いろ》と、すっごく強《つよ》いからってことで、だれかが勝手《かって》に呼《よ》びはじめた。でも、ぜんぜん納得《なっとく》してないんだから！

「もっとかわいいのがよかった……。『雪姫《ゆきひめ》』とか『姫花《ひめはな》』とか」

「いやいや、『姫《ひめ》』ってより、ぜんぜん『鬼《おに》』がぴったりだよ」

ニヤニヤするな、コウガ！

わたしだっていつか『姫《ひめ》』って言葉《ことば》が似合《にあ》う女《おんな》の子《こ》になって、王子様《おうじさま》と最《さい》っ高《こう》の恋《こい》ってやつ、してやるんだから。

見《み》てろ、いじわるキング！


「──さて、わかったことがいくつかある」

大《おお》きなテーブルのまえで、蓮夜先輩《れんやせんぱい》が、手元《てもと》のスマートフォンに目《め》を落《お》とした。

「ぼくたちの組織《そしき》、『夜《ナイト》』から連絡《れんらく》があったよ。図書館《としょかん》で、黒宮《くろみや》くんを襲《おそ》ってきた敵《てき》の正体《しょうたい》がわかったそうだ」

先輩《せんぱい》の琥珀色《こはくいろ》の瞳《ひとみ》が、ゆらり、と揺《ゆ》れる。

「やっぱり、『スター』のエージェントだよ」

犯罪組織《はんざいそしき》、『スター』。

わたしたち『夜《ナイト》』の宿敵《しゅくてき》だ。

悪者《わるもの》に武器《ぶき》や情報《じょうほう》を売《う》ったり、犯罪《はんざい》も請《う》け負《お》っているみたい。

『夜《ナイト》』は何度《なんど》もスターとたたかってきたけど、そのボスの正体《しょうたい》も、組織《そしき》のことも、ちっともわからないままなんだ。


わたしは、手《て》をにぎりしめた。

「『スター』はやっぱり、コウガのこと、あきらめてないんだね」

黒宮家《くろみやけ》とコウガをとりまく事情《じじょう》は、ちょっと複雑《ふくざつ》だ。

コウガには、お兄《にい》さんがいる。

黒宮湊斗《くろみやみなと》さんっていうんだ。

ミナトさんとコウガは、お母《かあ》さんがちがう。

ミナトさんのほうが、黒宮家《くろみやけ》のほんとうのお母《かあ》さん。

コウガのお母《かあ》さんは、愛人《あいじん》なんだって。

でもミナトさんは体《からだ》が弱《よわ》かった。だから跡取《あとと》りはコウガになったんだ。

黒宮財閥《くろみやざいばつ》は今《いま》、ふたつに分《わ》かれてる。

ひとつ目《め》は、コウガを財閥《ざいばつ》の跡取《あとと》りにしたい派閥《はばつ》『コウガ派《は》』。

ふたつ目《め》は、ミナトさんこそ、跡取《あとと》りにふさわしいって考《かんが》える『ミナト派《は》』だ。

そしてこのお兄《にい》さんの『ミナト派《は》』が、犯罪組織《はんざいそしき》『スター』に依頼《いらい》をした。


——黒宮《くろみや》コウガを、跡取《あとと》りからひきずりおろせ。


コウガの伏《ふ》せたまぶたのむこうに、夜明《よあ》け色《いろ》の瞳《ひとみ》が、決意《けつい》を持《も》って揺《ゆ》れていた。

「おれは財閥《ざいばつ》の跡取《あとと》りとして、やりとげると決《き》めた。かんたんにはやられねえよ」

コウガの指《ゆび》には、複雑《ふくざつ》な模様《もよう》の大《おお》きな指輪《ゆびわ》がはまっている。

黒宮財閥《くろみやざいばつ》、跡取《あとと》りのあかしだ。

「……母《かあ》さんと、約束《やくそく》したからな」

コウガはお母《かあ》さんとの約束《やくそく》で、立派《りっぱ》な財閥《ざいばつ》の当主《とうしゅ》になりたいって、がんばってる。

そのお母《かあ》さんも、亡《な》くなってしまったんだけど……。

わたしは、ドンッと、両手《りょうて》をテーブルについた。

「安心《あんしん》して、コウガ。わたしたちがぜったい守《まも》るから」

蓮夜先輩《れんやせんぱい》がうなずいた。

「それに、黒宮《くろみや》ミナトと、『スター』との関係《かんけい》も、つきとめないといけないからね」

今《いま》まで、『スター』は謎《なぞ》につつまれていた。でも『夜《ナイト》』は、あることをつきとめた。

コウガのお兄《にい》さん、黒宮《くろみや》ミナトが、『スター』につながる鍵《かぎ》をにぎっている。

わたしたち『夜《ナイト》』の目的《もくてき》は、ふたつ。

黒宮《くろみや》コウガを守《まも》ること。

そして黒宮《くろみや》ミナトに接触《せっしょく》して、『スター』の手《て》がかりを得《え》ること。

このミッション、ぜったいに成功《せいこう》させてみせるんだから！


「――おれ、気《き》になることがあるんだよな」

そう、ぽつりとつぶやいたのは、新《しん》だった。

「今回《こんかい》の、図書館《としょかん》の襲撃《しゅうげき》だよ。図書館《としょかん》にはおれたちと刺客以外《しかくいがい》、だれもいなかった。どうやって、ほかの生徒《せいと》や先生《せんせい》を追《お》いだしたんだろうな」

たしかに、そうだ……。

「わたしたちが、自習《じしゅう》のために図書館《としょかん》に来《き》たときには、まだほかの人《ひと》たちもいたよね」

わたしの言葉《ことば》に、蓮夜先輩《れんやせんぱい》が淡《あわ》い色《いろ》のまつ毛《げ》を伏《ふ》せた。

「『スター』には、特別《とくべつ》な力《ちから》を持《も》つ刺客《しかく》がいる。今回《こんかい》、図書館《としょかん》の襲撃《しゅうげき》をおこしたのも、その刺客《しかく》かもしれない」

新《しん》が言《い》った。

特別《とくべつ》な力《ちから》で生徒《せいと》たちを追《お》いだした、ってことなのかな。

「その『スター』の刺客《しかく》は、学校内《がっこうない》に入《はい》りこんで、まだ黒宮《くろみや》をねらっていると思《おも》う」

だれが、いつ、どんな能力《のうりょく》でコウガをねらってくるか、わからないってことだ。

蓮夜先輩《れんやせんぱい》がにこっと笑《わら》った。

「油断《ゆだん》せず、気《き》をひきしめないとね。なにせこれから一年生《ねんせい》は——臨海学校《りんかいがっこう》だからね」

わたしは、ぱっと顔《かお》をあげた。

あ……そうだ——臨海学校《りんかいがっこう》！

中間《ちゅうかん》テストがおわったあと、春町学園《はるまちがくえん》一年生《ねんせい》は、臨海学校《りんかいがっこう》がある。

みんなで海《うみ》に行《い》って、一泊二日《いっぱくふつか》で、いろんなイベントがあるんだ！

蓮夜先輩《れんやせんぱい》が、ぱっと片手《かたて》をあげる。

「臨海学校《りんかいがっこう》には、ぼくも参加《さんか》するからね」

「えっ、先輩《せんぱい》は二年生《ねんせい》ですよね」

新《しん》がきょとん、とした。蓮夜先輩《れんやせんぱい》がうなずく。

「臨海学校《りんかいがっこう》の実行委員《じっこういいん》には、上級生《じょうきゅうせい》が入《はい》ることになってるんだ。黒宮《くろみや》くんの護衛《ごえい》があるから、ぼくも立候補《りっこうほ》したんだよ」

ふいに、コウガがぽつり、とつぶやいた。

「臨海学校《りんかいがっこう》か……」

「どうしたの？」

わたしが聞《き》くと、コウガはちょっとだけ笑《わら》ったんだ。

「いや。おれこういう学校行事《がっこうぎょうじ》、あんまり参加《さんか》したことなかったんだよな」

「えっ、そうなの？」

「ああ。そんなひまがあったら勉強《べんきょう》しろって言《い》われてた」

なんでもないみたいに、コウガは言《い》った。

……コウガは、初等部《しょとうぶ》の四年生《ねんせい》で跡取《あとと》り候補《こうほ》になってから、そのための勉強《べんきょう》をずっとさせられていたんだよね。

お父《とう》さんはすごく厳《きび》しくて、コウガのことをちっとも見《み》てくれない。

まわりは敵《てき》ばっかりで、だれも信用《しんよう》できなかった。

だからコウガは、これまでひとりきりでたたかってたんだ。

わたしは、ぐっと手《て》をにぎりしめた。

「今《いま》は、わたしたちがいる。わたしは、コウガの味方《みかた》だ」

わたしはコウガの手《て》をとった。

「めいっぱい楽《たの》しもうよ、臨海学校《りんかいがっこう》！」

コウガは、しばらく目《め》をまたたかせて。

ほんのすこし……ほっとしたみたいに、笑《わら》ったんだ。


「ああ、晴《はる》を信頼《しんらい》してる。……楽《たの》しみだ！」


その笑顔《えがお》がさわやかで、いつもの皮肉《ひにく》っぽくてカッコいいそれじゃなくて。

なんだか、わたしのほうがドキッとした。

「が、がんばるね！」

心《こころ》がじわじわとあったかくなる。
とつぜん素直《すなお》になられても、なんだか照《て》れるよ！
慌《あわ》ててそっぽをむいたから、わたしは気《き》づいていなかったんだ。
新《しん》が、氷《こおり》みたいなつめたい瞳《ひとみ》で、わたしたちふたりを見《み》つめていたこと。

3　新《しん》は、やさしいやつだ

中間《ちゅうかん》テストもなんとか赤点《あかてん》を回避《かいひ》して、翌日《よくじつ》は臨海学校《りんかいがっこう》、っていうその日《ひ》。

ポーン。

インターフォンの音《おと》に、わたしはビーチボールをかかえたまま、玄関《げんかん》のドアをあけた。

「──新《しん》？」

外《そと》には、制服《せいふく》のままの新《しん》が立《た》っている。あきれた顔《かお》で言《い》った。

「相手《あいて》を確認《かくにん》してからドアあけろって、いつも言《い》ってるだろ。敵《てき》だったらどうするんだ」

「ごめん。でもここ『夜《ナイト》』の寮《りょう》だし。敵《てき》なんか来《こ》ないよ」

ここはわたしの家《いえ》、っていうか『夜《ナイト》』の寮《りょう》だ。

表《おも》むきは、六階建《ろっかいだ》てのマンションで、住《す》んでいる人《ひと》はみんな『夜《ナイト》』の人《ひと》だよ。わたしが使《つか》ってる部屋《へや》は、三階《がい》のはしっこ。

そしてこのマンションの地下《ちか》に、『夜《ナイト》』の春町支部《はるまちしぶ》があるんだ。

「念《ねん》のためだよ」

ドアを閉《し》めると、新《しん》はほら、とコンビニの袋《ふくろ》をわたしてくれた。

なかには、大《おお》きなみかんゼリーがふたつ入《はい》っている。

コンビニのデザートのなかではちょっと高《たか》い、三百《さんびゃく》二《に》十円《じゅうえん》のやつだ。

「新《しん》は、いつもこれ買《か》ってきてくれるね」

「いらないならかえせ」

「やだ、いる。わたしこれ大好《だいす》きだもん」

わたしは、コンビニの袋《ふくろ》をさっと後《うし》ろにかくした。

新《しん》は靴《くつ》も脱《ぬ》がないまま、玄関《げんかん》の壁《かべ》にもたれかかった。ここが、新《しん》の定位置《ていいち》なの。

「……いつもありがと」

ぼそっ、とそう言《い》うと、新《しん》が口《くち》のはしっこだけで、ちょっと笑《わら》った。

「どうせまた、さびしがって泣《な》いてたんだろ」

ちょっとからかうみたいな声《こえ》に、わたしはむっとくちびるをとがらせた。

「泣《な》いてません！」

……でも、ホントはね、時々《ときどき》さびしくなる。

わたしのお父《とう》さんとお母《かあ》さんは……ずっとまえに死《し》んじゃったんだ。ふたりとも、『夜《ナイト》』のエージェントだった。

わたしは壁《かべ》を見《み》た。そこには一枚《まい》の写真《しゃしん》がはってある。家族写真《かぞくしゃしん》だ。

お父《とう》さんとお母《かあ》さん、小《ちい》さいころのわたしと――兄《あに》。

――わたしには、双子《ふたご》の兄《あに》がいる。嵐《あらし》だ。

嵐《あらし》はなんでもできて、カッコよくて、双子《ふたご》なのに似《に》てないねって言《い》われてた。

それがちょっとくやしかったんだよね。

でもお父《とう》さんとお母《かあ》さんがいなくなってからは、世界《せかい》でふたりだけのきょうだいだった。

その嵐《あらし》は――わたしより先《さき》に『夜《ナイト》』のスパイになった。

そして任務《にんむ》に行《い》って……それきり、帰《かえ》ってこなかったんだ。

それからずっと、この家《いえ》でわたしは、ひとりぼっちだ。

「……嵐《あらし》がいなくなって、ホントにひとりになっちゃった」

さびしくて、かなしい。

時々《ときどき》真《ま》っ暗《くら》になって、心《こころ》がぐちゃぐちゃになっちゃう気《き》がする。

「晴《はる》」

呼《よ》ばれて、顔《かお》をあげた。

視線《しせん》の先《さき》に、新《しん》の瞳《ひとみ》がある。紅茶色《こうちゃいろ》のあったかな光《ひかり》が揺《ゆ》れている。

「見《み》つけるんだろ、嵐《あらし》を。そのために、お前《まえ》はスパイになったんだ」

雪《ゆき》の降《ふ》るその日《ひ》、任務《にんむ》に行《い》くまえに嵐《あらし》が言《い》ったんだ。


——おれは正義《せいぎ》のスパイだから。困《こま》って泣《な》いている人《ひと》がいたら、迷《まよ》わず助《たす》けるんだ。


だからわたしもスパイになった。

そうすればきっと、いなくなった嵐《あらし》を見《み》つけることができるから。

わたしは、こぼれそうになった涙《なみだ》を、ぐっとぬぐった。

「うん、こんなとこでくじけていられない。ありがとう、新《しん》！」

新《しん》はやっぱり、やさしい。

こうやって、わたしがさびしくないように、差《さ》し入《い》れを持《も》ってきてくれるし。

それに、まえに進《すす》めるように、いつだって背中《せなか》を押《お》してくれるから。

わたしは、気《き》をとりなおして言《い》った。

「それで、なにか伝達事項《でんたつじこう》？」

「ああ、蓮夜先輩《れんやせんぱい》から。臨海学校《りんかいがっこう》では『夜《ナイト》』のエージェントが協力《きょうりょく》してくれる。海《うみ》の家《いえ》のスタッフとして潜入《せんにゅう》してるから、なにかあれば助《たす》けてくれるってさ」

新《しん》が続《つづ》ける。

「今回《こんかい》、目立《めだ》つから、黒宮家《くろみやけ》の護衛《ごえい》はつかないんだ。『夜《ナイト》』だけの護衛《ごえい》だからな」

なるほど。黒宮家《くろみやけ》の護衛《ごえい》って、ごつごつの黒服《くろふく》のお兄《にい》さんばっかりで、目立《めだ》つもん。あんなのがそばにいたら、海《うみ》だって楽《たの》しめないよ。

新《しん》は、わたしがかかえているビーチボールを、不審《ふしん》そうに見《み》た。

「晴《はる》はなにしてたんだよ」

「なにがあるかわからないから、臨海学校《りんかいがっこう》について、知識《ちしき》を深《ふか》めてたんだ」

「なんだよ、臨海学校《りんかいがっこう》の知識《ちしき》って」

「まずは『わたプリ』の、臨海学校回《りんかいがっこうかい》の読《よ》みなおし」

「……おい」

「定番《ていばん》は、やっぱり地元《じもと》の不良《ふりょう》に、ヒロインがねらわれて、助《たす》けられるってやつだよね！　だから、そういう人《ひと》たちが集《あつ》まってそうなところもさがしたし……」

「待《ま》て、晴《はる》」

「それに、ふたりでながめる、夜景《やけい》スポットだってばっちり！」

「晴《はる》」

すっと新《しん》の声《こえ》が低《ひく》くなって、わたしはびくっとした。

……おこってるかな。

「あの、えっと、それだけじゃなくて、エンジニアセクションに頼《たの》んで、アイテムもいっぱい用《よう》意《い》したんだよ。ねばねばネットとか、スモークボールとか！」

エンジニアセクションっていうのは、『夜《ナイト》』の部署《ぶしょ》のひとつだよ。スパイに必要《ひつよう》なアイテムを開発《かいはつ》してるんだ。

「へえ、アイテムねえ。……これもか？」

ばしん、と新《しん》が、わたしの腕《うで》のなかの、ビーチボールをたたいた。

てん、てん……ててん。

廊下《ろうか》を転《ころ》がっていくそれに、わたしはそろっと視線《しせん》をそらした。

「……あれは、ただのビーチボールです。……だってビーチの遊《あそ》びの定番《ていばん》らしいし……」

「おれたち、遊《あそ》びに行《い》くんじゃないんだぞ」

あきれた新《しん》の声《こえ》に、ムスッと頬《ほお》をふくらませる。

「ちょっとぐらい、浮《う》かれたっていいじゃん。新《しん》のケチ、ばか、いじわる」

「だれがばかだ」

わたしは、ぐっとうつむいた。

「……だって、バーベキューとかきもだめしとか、ふたりで見《み》る夜景《やけい》とか……あこがれなの」

小《ちい》さなころから、ずっとスパイのお仕事《しごと》ばっかりだった。

ミッションだけど、生《う》まれてはじめて、普通《ふつう》の学校《がっこう》に通《かよ》えるんだ。

お仕事《しごと》はしっかりする！　……でも、ちょっとぐらい、普通《ふつう》も楽《たの》しみたいって思《おも》う。

あきれたようなため息《いき》のあと。

「しかたないな」

新《しん》の目《め》が、ちょっとだけやわらかくなった。

結局《けっきょく》いつも、新《しん》はこうやって、許《ゆる》してくれるんだ。

そして、新《しん》がふと言《い》った。

「……あのさ、その夜景《やけい》を、晴《はる》はだれと見《み》たいんだよ」

だれと？　あ、そっか。こういう場合《ばあい》ってだいたい……好《す》きな人《ひと》、ってことになる。

「コウガ、かな。いちおう彼氏《かれし》だし」

ニセモノだけどね。

その瞬間《しゅんかん》。新《しん》がほんのわずかに、目《め》を見開《みひら》いた気《き》がした。

「……へえ」

うわっ……声《こえ》が氷《こおり》みたいだ。

「新《しん》はだれかいないの？　ほら、好《す》きな人《ひと》とかさ」

でも新《しん》は、その凍《い》てついた声《こえ》のまま、わたしに背《せ》をむけた。

「いないね。おれは恋愛《れんあい》はしない。スパイに、そんな感情《かんじょう》は必要《ひつよう》ないだろ」

その声《こえ》があまりにつめたくて、さびしくて。

ぱたり、と閉《し》まったドアのまえで、わたしはしばらく、立《た》ち尽《つ》くしていたんだ。

4 臨海学校《りんかいがっこう》が始《はじ》まる！

雲《くも》ひとつない真《ま》っ青《さお》な空《そら》、さんさんとふりそそぐ、太陽《たいよう》の光《ひかり》。
その下《した》に、マリンブルーの海《うみ》がずーっと続《つづ》いている。
ざぁぁ、とひびく波音《なみおと》、胸《むね》いっぱいに吸《す》いこむ、潮《しお》の香《かお》り！
今日《きょう》は、最《さい》っ高《こう》の臨海学校日和《りんかいがっこうびより》だ！
わたしは、木《き》の棒《ぼう》を両手《りょうて》でかまえて、叫《さけ》んだ。
「雪乃晴《ゆきのはる》、行《い》きます！」
視界《しかい》は真《ま》っ暗《くら》で、目《め》かくしがされてる。
じーっと気配《けはい》を探《さぐ》る。右《みぎ》にふたり。左《ひだり》に三人《にん》。
一歩《いっぽ》、二歩《ほ》、と歩《ある》いていると、だれかが、はっと息《いき》をのんだ気配《けはい》がした。
わたしは、棒《ぼう》をふりかぶると、まっすぐにふりおろした！
「ここだぁっ！」

パァンッ！　手《て》ごたえ、あり！

どよめく気配《けはい》に、わたしは目《め》かくしをとった。

目《め》の前《まえ》には、真《ま》っ二《ぷた》つに割《わ》れたスイカが転《ころ》がっている。

真《ま》っ赤《か》でつやつやの断面《だんめん》は、まるで、ナイフでスパッときったみたい。

「やった！」

スイカ割《わ》り大成功《だいせいこう》だ！　やったーって跳《と》びあがったんだけど。

まわりの子《こ》たちが、なんだか不思議《ふしぎ》な視線《しせん》をこっちにむけていた。

「スイカって棒《ぼう》で殴《なぐ》ると砕《くだ》けるよな。なんで包丁《ほうちょう》できったみたいになってるんだ？」

あっ。……やば。

はっとふりかえる。新《しん》がこっちをにらみつけていた。やがて、ぽつりと口《くち》をひらく。

「棒《ぼう》でも、たまたま！　うまくあたると、きれいにきれるんだなあ」

棒読《ぼうよ》みのフォローだったけど、みんなは、納得《なっとく》してくれたっぽい。

……よかった。

ささっと新《しん》にかけ寄《よ》る。

「ありがとう、新《しん》」

「お前《まえ》は、自分《じぶん》の運動神経《うんどうしんけい》が普通《ふつう》じゃないってこと、ちゃんと自覚《じかく》しろ」

「……はぁい……」

わたしは、しゅん、と肩《かた》を落《お》とした。新《しん》がきょとん、とこっちをむく。

「それに、なんだその水着《みずぎ》」

あっ、これ見《み》てほしかったんだ！

「よく気《き》づいてくれました！」

わたしは、くるんっとその場《ば》でまわってみせた。

「今日《きょう》のために、『夜《ナイト》』の衣裳部屋《いしょうべや》から、持《も》ってきたの」

青《あお》い水着《みずぎ》なんだけど、腰《こし》の横《よこ》に大《おお》きなリボンがついてて、かわいいんだ。

「いちおう、コウガの彼女《かのじょ》だからね。これで、かわいいって言《い》ってもらいたいなって」

「……へえ」

とうとつに新《しん》が、自分《じぶん》のパーカーを脱《ぬ》いで、こっちにむかって投《な》げた。

「ぶわっ」

慌《あわ》てて受《う》けとめる。

「なに？」

「着《き》とけ」

「……なんで？」

せっかくの水着《みずぎ》なのに！　見《み》せたいのに！

とまどったように、新《しん》が視線《しせん》をうろうろさせる。やがてぽつりと言《い》った。

「…………肩《かた》も足《あし》もでてるだろ。あの、あれだ、防御力《ぼうぎょりょく》が低《ひく》くなる」

「なるほど、防御力《ぼうぎょりょく》、かあ」

たしかに、戦闘《せんとう》があったときに、ケガが増《ふ》えちゃいそうだ。

くやしいけど一理《いちり》ある。…………ん？　いや、あるかな？

うーん？　って思《おも》いつつも、もそもそとパーカーを着《き》こんでると、新《しん》が海《うみ》のほうをさした。

「いいのか、晴《はる》。お前《まえ》の彼氏《かれし》は、あれだぞ」

わたしが、そっちを見《み》た瞬間《しゅんかん》――。

「きゃーっ！」

女《おんな》の子《こ》たちの悲鳴《ひめい》みたいな歓声《かんせい》が、つきささった。

なにごと!?　女《おんな》の子《こ》たちの視線《しせん》の先《さき》を見《み》て、わたしは、目《め》を見開《みひら》いた。

コウガだ。

黒《くろ》いサンダルが、波打《なみう》ち際《ぎわ》をざくっとふむ。

手《て》には真《ま》っ白《しろ》なサーフボード。夜色《よるいろ》の髪《かみ》には、海《うみ》からあがったばっかりだからかな、水《みず》のしずくがまとわりついて、星《ほし》の欠片《かけら》みたいにキラキラ光《ひか》っている。

がっと前髪《まえがみ》をかきあげて頭《あたま》をふると、その水滴《すいてき》がぱっと散《ち》った。

そのむこうで、宝石《ほうせき》みたいな夜《よ》明《あ》け色《いろ》の瞳《ひとみ》が、輝《かがや》いている。

……カ……ッコいいな。

そばで女《おんな》の子《こ》たちの歓声《かんせい》がはじけた。

「カッコいい！」

「ねえ、だれ⁉　どっかの私立校《しりつこう》が、臨海学校《りんかいがっこう》に来《き》てるって聞《き》いたけど」

コウガって、学外《がくがい》の人《ひと》にも人気《にんき》なんだなあ。

そのときだ。

「コウガ」

リン、と、鈴《すず》がなるような、かわいい声《こえ》だった。

クリアカラーのサンダルで、女《おんな》の子《こ》がぱたぱたとかけ寄《よ》ってくる。

西原唯菜《にしはらゆいな》ちゃん。わたしと同《おな》じクラスなんだ。

長《なが》い黒髪《くろかみ》を、後《うし》ろでひとつにまとめている。大《おお》きなお花《はな》の髪飾《かみかざ》りがついていた。

水着《みずぎ》はフリルいっぱいのピンク色《いろ》で、すごくかわいいビキニ。

ぱっと見《み》せるその笑顔《えがお》は、髪飾《かみかざ》りに負《ま》けないぐらい華《はな》やかだ。

「ねえ、コウガ。見《み》て、シーグラス見《み》つけたの！」

唯菜《ゆいな》ちゃんの手《て》のひらには、キラキラのシーグラスがのっていた。

海《うみ》をきりとったみたいな、澄《す》んだ青色《あおいろ》。

「きれいでしょ」

唯菜《ゆいな》ちゃんがかざしたそれを、コウガものぞきこんだ。

「へえ、たしかにきれいだな」

まわりの子《こ》たちは、くやしそうだった。

「あの子《こ》、すっごくかわいいよね。あのカッコいい男《おとこ》の子《こ》とお似合《にあ》いって感《かん》じ」

「彼女《かのじょ》なんじゃない？」

……やっぱり、そう見《み》えるよね。

唯菜《ゆいな》ちゃんは、西原《にしはら》グループっていう、大《おお》きな企業《きぎょう》グループのお嬢様《じょうさま》なんだって。

家柄《いえがら》だってコウガとぴったりだし。

なにより、お姫様《ひめさま》って感《かん》じの唯菜《ゆいな》ちゃんは、王様《おうさま》オーラのコウガとお似合《にあ》いだ。

わたしよりずっと、彼氏《かれし》と彼女《かのじょ》に見《み》える。

ズキッ……。なんだか、胸《むね》が痛《いた》い。

……あのふたりを見《み》ていられないって気持《きも》ちになる。どうしてだろ……。

――ざんっ！

そのときひときわ大《おお》きな波《なみ》が来《き》て、青《あお》いサーフボードが、波打《なみう》ち際《ぎわ》までやってきた。

「うわっと！」

そのサーフボードといっしょに、砂浜《すなはま》に転《ころ》がりこんだのは、男《おとこ》の子《こ》だった。

間広奏汰《まひろかなた》くん。

真《ま》ん中分《なかわ》けのつやつやの髪《かみ》から、ぱたぱたとしずくをこぼしている。

「あっぶね、途中《とちゅう》で落《お》ちちゃった。あんまりいい波来《なみこ》ないね」

苦笑《くしょう》するカナタくんに、コウガが、手《て》をさしだしてひきおこす。

「お前《まえ》がへたなんだろ、カナタ」

「えー、おれよりうまく波《なみ》にのれるやつがいたら、教《おし》えてほしいんだけど？」

「おれだろ」

しばらくふたりで顔《かお》を見合《みあ》わせて、やがて、ははっと笑《わら》いあう。

カナタくんは、コウガの友《とも》だちだ。

わたしと同《おな》じクラスで、サッカー部《ぶ》なんだ。そしてなんと芸能人《げいのうじん》なんだって。

俳優《はいゆう》さんで、夏《なつ》からの映画《えいが》にも出演《しゅつえん》するんだ、大活躍《だいかつやく》なんだよ！

また、まわりがざわめいた。

「あれって、間広奏汰《まひろかなた》だよね！」

「ほんもの!?　はじめて見《み》た……！」

「声《こえ》かけたいけど……あそこだけ、別次元《べつじげん》だって、無理《むり》だよ」

それ、すっごくわかる。

コウガと、カナタくんと、唯菜《ゆいな》ちゃん。

あそこだけ、だれも立《た》ちいれない、とても特別《とくべつ》な空間《くうかん》に見《み》えるんだ。

カナタくんが、ちらっとこっちを見《み》た気《き》がした。

「いいのか、コウガ。彼女《かのじょ》ほったらかしてさ」

彼女《かのじょ》？　……あっ、わたしのことだ！

その瞬間《しゅんかん》。ざっ、と音《おと》がしたかと思《おも》うぐらい。まわりが、いっせいにこっちを見《み》た。

「え、あんなのが？」

「いや、ウソでしょ……」

こういうときの女《おんな》の子《こ》の視線《しせん》って、殺《ころ》し屋《や》の殺気《さっき》より、ずっとこわいんだよね。

それにわたし……やっぱり、コウガの彼女《かのじょ》っぽくないのかなあ。

ドンッ。後《うし》ろから、肩《かた》に衝撃《しょうげき》が走《はし》った。

「わっ！」

「きゃっ、ごめんなさい」

だれかと、ぶつかっちゃったみたい！

えーっと、こういうときは受《う》け身《み》をとるんじゃなくて……。

「……きゃー」

棒読《ぼうよ》みの悲鳴《ひめい》をあげて、わたしは砂浜《すなはま》に転《ころ》がった。

ざぱんっ！

「ぶっ！」

わあぁっ、波《なみ》が頭《あたま》の上《うえ》から降《ふ》りかかってきた！

うえぇ、しょっぱい。あと目《め》に入《はい》って痛《いた》いし、体中《からだじゅう》、砂《すな》まみれだよ……。

ぶんぶんと、頭《あたま》をふっていると、クスッと笑《わら》い声《ごえ》が聞《き》こえた。

「あはは、ダッサ。調子《ちょうし》のってるからでしょ。あんなイケメンの彼女《かのじょ》とかさ」

「いや、彼女《かのじょ》っての、ぜったいウソだって」

まわりの女《おんな》の子《こ》たちだ。かわいそう、って感《かん》じで、こっちを見《み》てる。

砂《すな》まみれの自分《じぶん》が、はずかしくて……うつむいた。

そのときだ。すっと、わたしのまえにかげが落《お》ちた。

顔《かお》をあげると、夜明《よあ》け色《いろ》の瞳《ひとみ》があきれたようにわたしを見《み》つめてる。コウガだ。

「なにやってんだよ」

ほら、とわたしの手《て》をつかんで、ぐいっとひきおこしてくれた。

大《おお》きな手《て》が、頭《あたま》と肩《かた》から砂《すな》をはらってくれる。

「ケガ、ないか」

それが、いつものいじわるな王様《おうさま》って感《かん》じじゃなくて、なんだかやさしくて……。

わたしは慌《あわ》てて言《い》った。

「ないよ。わたし、こんなのでケガしないから」

コウガがあきれたように笑《わら》った。指先《ゆびさき》が、するりとわたしの髪《かみ》をすくう。

「――関係《かんけい》ねえよ。彼氏《かれし》が彼女《かのじょ》のこと、心配《しんぱい》すんのはとうぜんだろ」

ドンッと、鼓動《こどう》がはねあがった。

顔《かお》が熱《あつ》くて、頭《あたま》がパニックになる！

あせって、つきとばしそうになるのを、必死《ひっし》にこらえた。

「あ、ありがとう」

コウガは肩《かた》をふるわせて、笑《わら》っていた。

うぅ、コウガは、わたしがあせってるの、おもしろがってるって、わかってる！

それに、恋人同士《こいびとどうし》って設定《せってい》に、協力《きょうりょく》してくれてるってことも。

でも、砂《すな》をはらってくれるやさしい手《て》や、真剣《しんけん》な夜明《よあ》け色《いろ》の瞳《ひとみ》に……翻弄《ほんろう》されちゃうんだ。

……くやしい。

ぐっ、とうつむいていたわたしは、はっとした。

ピリピリとつきささるこの、とてもつめたい視線《しせん》は……唯菜《ゆいな》ちゃんだ。

——海《うみ》に入《はい》ったコウガとカナタくんを見《み》てると、声《こえ》をかけられた。

「晴《はる》ちゃん」

唯菜《ゆいな》ちゃんが立《た》っている。

華《はな》やかな笑顔《えがお》だけど……目《め》が笑《わら》ってないのがわかるよ。

肌《はだ》につきささるような、ピリピリした感覚《かんかく》。

……敵意《てきい》だ。

「わたし、とつぜんやってきた晴《はる》ちゃんが、コウガに選《えら》ばれたこと、納得《なっとく》してないよ」

ぎくっとした。スパイのことはバレてないと思《おも》うけど……。

でも、わたしとコウガの関係《かんけい》は、どこまでいったってニセモノだ。

「わたし初等部《しょとうぶ》のころから、ずっとコウガの彼女《かのじょ》になりたかったんだ。だから……コウガのことあきらめないよ」

唯菜《ゆいな》ちゃんは、わたしがコウガの彼女《かのじょ》ってことが、すごくいやみたいなの。

「それに、気《き》づいちゃったんだよね」

唯菜《ゆいな》ちゃんが、きゅう、とその目《め》を細《ほそ》めた。

「まわりのみんな、わたしとコウガが、恋人同士《こいびとどうし》だってかんちがいしてたね。きっとわたしのほうが――コウガの彼女《かのじょ》っぽいんだよ」

背中《せなか》に、つめたい水《みず》をあびせられたみたいだった。

お姫様《ひめさま》みたいな、華《はな》やかな笑《え》みが、まばゆく輝《かがや》いた。

「コウガは、わたしのよ」

ひらりと手《て》をふって、唯菜《ゆいな》ちゃんは砂浜《すなはま》をかけていく。

じわっと、胸《むね》の奥《おく》にあせりが広《ひろ》がる。

どうしよう、唯菜《ゆいな》ちゃんに、コウガをとられちゃうかもしれない。

なんだか泣《な》きそうになった、そのときだ。

「――あ、あの……だいじょうぶですか？」

おどおどした声《こえ》の主《ぬし》は、目《め》の前《まえ》の女《おんな》の子《こ》だった。

腰《こし》までの長《なが》い髪《かみ》は、ミルクティみたいなつやつやのブラウン。前髪《まえがみ》が顔《かお》の半分《はんぶん》をかくしちゃっていた。すきまから見《み》える目《め》は、落《お》ちつかなそうに、あたりをうかがっている。

地味《じみ》で、あんまり目立《めだ》たないタイプの女《おんな》の子《こ》だ。

「具合《ぐあい》が悪《わる》いようなら、臨時保健室《りんじほけんしつ》に案内《あんない》しますよ」

わたしは、ぱたぱたと手《て》をふった。

実行委

「ぜんぜんだいじょうぶです」

その子《こ》は、ほっとしたように肩《かた》の力《ちから》をぬいた。それから、「あっ」と言《い》った。

「さっきつきとばしちゃって、ごめんなさい！」

さっき？　ああ、砂浜《すなはま》に転《ころ》がっちゃったとき、ぶつかったのって、この人《ひと》だったんだ。

「わたしこそ、すみません」

おたがいに、ぺこっ、と頭《あたま》をさげて、顔《かお》を見合《みあ》わせる。

それがおかしくて、思《おも》わずふふって笑《わら》っちゃったんだ。

「わたし、となりのクラスの咲良美々《さくらみみ》です。臨海学校《りんかいがっこう》の実行委員《じっこういいん》をしてるので、困《こま》ったことがあったら言《い》ってくださいね」

咲良《さくら》さんは、ぺこぺこと何度《なんど》も頭《あたま》をさげた。

「じゃあ、わたし海《うみ》の家《いえ》に用《よう》があるので」

ぱたぱたとかけだした咲良《さくら》さんは、海《うみ》の家《いえ》のスタッフさんに、またぺこぺこ頭《あたま》をさげている。

実行委員《じっこういいん》の用事《ようじ》かなあ、なんだか大変《たいへん》そうだ。

でもわたしは、気《き》づいてなかったんだ。

咲良《さくら》さんが長《なが》い前髪《まえがみ》の下《した》で、クスッ、て笑《わら》ったこと。

5 不良《ふりょう》たちの襲撃《しゅうげき》

海《うみ》で遊《あそ》んでいるコウガを見《み》つめながら、わたしは、砂浜《すなはま》にひとり座《すわ》っていた。

……わたし、コウガの彼女《かのじょ》に見《み》えないのかな。

ずき、ずきって、さっきから、胸《むね》が痛《いた》い。

なんでだろ……。

「——晴《はる》ちゃん、元気《げんき》ないね」

ぱちぱち弾《はじ》ける、サイダーみたいなさわやかな声《こえ》が聞《き》こえた。

カナタくんだ。

水着《みずぎ》の上《うえ》にシャツをはおって、片手《かたて》にコーラのペットボトルを持《も》っている。

「カナタくんは、サーフィンはいいの？」

「……んー、おれはちょっと休憩《きゅうけい》。あいつに勝《か》てないからさ」

ムスッとしたカナタくんが、海《うみ》をさした。

サーフボードの上《うえ》に、コウガが腹《はら》ばいになってる。じっと海《うみ》のさきを見《み》つめていた。
海《うみ》からせりあがるように、白《しろ》い波《なみ》が高《たか》く盛《も》りあがる。
コウガが、サーフボードの上《うえ》にはねあがった。
波《なみ》にそって、ざああっと海《うみ》の上《うえ》をかけていくみたい！
カッコいいなぁ……。
思《おも》わず見入《みい》っていると、カナタくんがぽつりと言《い》った。
「ずるいよね、あいつ。部活《ぶかつ》やってるわけでもないのに、運動《うんどう》できるんだよな」
ふふっと笑《わら》う。
「……サッカー部《ぶ》に、もどってくればいいのに」
カナタくんとコウガは、初等部《しょとうぶ》のとき、サッカー部《ぶ》のチームメイトだったんだ。
でも初等部《しょとうぶ》の四年生《ねんせい》のとき。
コウガは、黒宮財閥《くろみやざいばつ》の跡取《あとと》り候補《こうほ》になって、一生懸命《いっしょうけんめい》勉強《べんきょう》しなくちゃいけなくなった。
お父《とう》さんが厳《きび》しくて、勉強《べんきょう》以外《いがい》のものをコウガからとりあげたんだ。
だからコウガは大好《だいす》きなサッカーをやめた……ううん、やめさせられたんだ。
カナタくんはそのことを、すごくくやしく思《おも》ってる。

ザバンッ！

波《なみ》が砕《くだ》ける音《おと》がして、コウガのサーフボードが、はざまに沈《しず》んでいった。

「あっ」

わたしとカナタくんは、同時《どうじ》に声《こえ》をあげた。

ぱっとすぐに顔《かお》をだしたコウガは、くやしそうに、でも楽《たの》しそうに笑《わら》っている。

頭《あたま》をふるたびに、髪《かみ》からキラキラと水《みず》しぶきが散《ち》る。

カナタくんが、小《ちい》さく笑《わら》った。

「まあ、あいつが今《いま》、けっこう楽《たの》しそうでほっとした」

ちらっと、カナタくんが意味深《いみしん》にこっちを見《み》つめた。

「──晴《はる》ちゃんが、彼女《かのじょ》になってからじゃない？」

わたしは思《おも》いきって、聞《き》いてみた。

「あのさ、わたしちゃんと、コウガの彼女《かのじょ》に見《み》えるかな」

カナタくんがきょとんとした。慌《あわ》ててつけくわえる。

「その……あんまりコウガの彼女《かのじょ》っぽくないって……言《い》われちゃって」

「ああ、それで落《お》ちこんでたんだ」

「うん……」

カナタくんが、コーラのキャップをあけて、ごくごくとそれを飲《の》みほす。

「うーん、ラブラブな恋人《こいびと》には見《み》えないかもね。晴《はる》ちゃんが、コウガにからかわれて、ふりまわされてる感《かん》じがする」

やっぱり、そう見《み》えちゃうかあ。

うぅ、と落《お》ちこんだときだった。ふっと、カナタくんの声《こえ》が、真剣《しんけん》みをおびた。

「――でも、コウガのほうはちがうんじゃないかな」

はちみつ色《いろ》の瞳《ひとみ》が、じいっとこっちを見《み》つめている。

「コウガは、これまでだれにも心《こころ》をひらかなかった。でも晴《はる》ちゃんはちがう」

その瞳《ひとみ》があんまり真剣《しんけん》で……目《め》をそらせない――。

「おれ、気《き》になってんの。コウガの心《こころ》をひらいた晴《はる》ちゃんが――実《じつ》は、なにものなのか」

わたしは後《うし》ろに手《て》をついて、じりっと下《さ》がった。

そのぶんだけ、カナタくんの顔《かお》が近《ちか》づいてくる。

「わたしは、普通《ふつう》の中学生《ちゅうがくせい》だよ」

「普通《ふつう》の中学生《ちゅうがくせい》は、自分《じぶん》で『普通《ふつう》』って言《い》わないよ」

うっ、そう言《い》われれば、そうかも!?

わたしの心《こころ》の底《そこ》を探《さぐ》るみたいな、カナタくんの瞳《ひとみ》から、逃《のが》れられない。

そう思《おも》ったときだった。

「――なにしてんだよ」

いつのまにか、海《うみ》からあがったコウガが立《た》っていた。黒《くろ》いパーカーをはおっている。

後《うし》ろには、ちょうど追《お》いついた新《しん》がいた。

……助《たす》かった。

コウガが、不機嫌《ふきげん》そうに目《め》を細《ほそ》めた。

「なにしてんだ、カナタ」

「なんでもないよ。晴《はる》ちゃんが落《お》ちこんでたみたいだから、相談《そうだん》にのってただけ」

ふうん、とつぶやいたコウガと、カナタくんの視線《しせん》がばちっとまじわる。

……なんだか、不穏《ふおん》な空気《くうき》だ。

でもそれは一瞬《いっしゅん》で、コウガは肩《かた》をすくめた。

「そろそろバーベキューの準備《じゅんび》だろ。もどろうぜ」

そっか、これからみんなでバーベキューだ！

「早《はや》く行《い》こう！」

テンションがあがって、わたしはぱっと立《た》ちあがった。

「マシュマロをじっくりあぶると、中《なか》がとろとろになるって、勉強《べんきょう》してきたんだ。ビスケットではさんで食《た》べるらしいよ。ぜったいに実践《じっせん》したい！」

あははははっとカナタくんが笑《わら》う。

「マシュマロの勉強《べんきょう》って、なに？　やっぱり晴《はる》ちゃんっておもしろいわ」

……この人《ひと》も、コウガの友《とも》だちだけあって、わたしのことちょっとばかにしてない？

むっと頬《ほお》をふくらませた——そのときだ。


「——きゃああっ！」

悲鳴《ひめい》!?

「やだ、はなして！　やだってば！」

唯菜《ゆいな》ちゃんだ！　すこしはなれた水場《みずば》で、だれかに腕《うで》をつかまれてる！

まわりに助《たす》けてくれそうな人《ひと》は……だれもいないか。

「いいじゃん、おれたちと遊《あそ》んでよ。きみ、マジでカワイイじゃん！」

ぎゃはは、と笑《わら》いながら、唯菜《ゆいな》ちゃんの腕《うで》をつかんでいるのは、明《あか》るい色《いろ》の髪《かみ》をした男《おとこ》の子《こ》だ。派手《はで》なシャツに、アクセサリーをじゃらじゃらさせてる。

新《しん》がまゆを寄《よ》せた。

「このあたりの不良《ふりょう》か？」

まわりには、不良《ふりょう》があと三人《にん》もいて、みんなけらけら笑《わら》っていた。

「臨海学校《りんかいがっこう》に来《き》てんだっけ？　春町学園《はるまちがくえん》って金持《かねも》ち学校《がっこう》だろ？」

「ねー、金《かね》ちょうだいよ。そんできみは、おれたちと遊《あそ》ぼーぜ」

「来《こ》ないで、はなしてっ！」

唯菜《ゆいな》ちゃんの声《こえ》が……ふるえてる。

カナタくんが、新《しん》とコウガをふりかえった。

「西原《にしはら》を助《たす》けないと。晴《はる》ちゃんは、先生《せんせい》に知《し》らせてきて――」

でもわたしはそれより早《はや》く、かけだしていた。

「わたしが助《たす》ける！」

だって唯菜《ゆいな》ちゃんの声《こえ》……ふるえてた。すごくこわがってる。

そんなのぜったいに、ほうっておけない！

わたしは、不良《ふりょう》たちにむかって叫《さけ》んだ。

「ちょっと待《ま》った！」

「あぁん？」

不良《ふりょう》が、ぐるんっとこっちをむく。

「なにしてんの、晴《はる》ちゃん、あぶないって！」

カナタくんが後《うし》ろで、あわあわしてる。

ちらっとそっちを見《み》ると、新《しん》とコウガが、あーあ、って顔《かお》をしていた。

特《とく》に新《しん》の目《め》が、とてもつめたい……。

〝お前《まえ》、ここからどうするつもりだ〟って目《め》だ。

たしかに……なにも考《かんが》えてなかった！

「えーっ……と、今《いま》その子《こ》をはなせば、あなたになにもしません！」

不良《ふりょう》たちがきょとん、として。次《つぎ》の瞬間《しゅんかん》、ぎゃははは、と笑《わら》った。

「なにもしませんって、おれたちにかなうと思《おも》ってんのかよ、この女《おんな》おもしれえな」

「はなしてっ！」

そのすきに、唯菜《ゆいな》ちゃんがばっと不良《ふりょう》の手《て》をふりはらった！

逃《に》げだして、コウガの後《うし》ろにさっとかくれる。

「あっ、くそ、逃《に》げられた！」

唯菜《ゆいな》ちゃんの腕《うで》をつかんでいた不良《ふりょう》が舌打《したう》ちして、ぐっとこっちをにらみつけた。

「ったく、じゃあお前《まえ》が遊《あそ》んでくれんのかよ」

その目《め》を見《み》て――ぞっとした。

目《め》に光《ひかり》がない。なんだか人形《にんぎょう》みたいだ。

……ふわっ。ふいに甘《あま》い香《かお》りがして、わたしはあれって思《おも》ったんだ。

この香《かお》りどこかで……って、そんなの気《き》にしてる場合《ばあい》じゃないか。

その真《ま》っ黒《くろ》な目《め》は、わたしと、その後《うし》ろ――コウガを見《み》た気《き》がしたから。

「……黒宮《くろみや》、さがれ」

コウガのまえにでたのは新《しん》だった。やっぱり、新《しん》もおかしいって思《おも》ったんだ。

この人《ひと》たち、まさか、コウガをねらう敵《てき》!?

「なあ、いっしょに来《こ》いよオラ！」

不良《ふりょう》の大《おお》きな手《て》が、がっとわたしの腕《うで》をつかんだ。反射的《はんしゃてき》に投《な》げとばそうとして――。

「おい、なにしてんだ！」

カナタくんの声《こえ》に、はっとした。

そうだ、ここにはカナタくんと唯菜《ゆいな》ちゃんがいる。たたかったら、わたしたちがスパイってこと、バレちゃうかも！

うー、こんなのホントなら、ふりほどいて投《な》げとばせるのに！

「やめてくださーい！」

棒読《ぼうよ》みで叫《さけ》んで、ざっと砂《すな》を蹴《け》りあげた。

「うわっ」

砂煙《すなけむり》にかくれて、ばしっとひざ下《した》をはらう。

「ぐえっ！」

たおれた不良《ふりょう》の上《うえ》に、こけたふりをして、えいっとのしかかった。

「あれー、だいじょうぶですか？　きゅうにたおれちゃって、あぶないですよ」

よしっ、ひとまずこれでひとり、っと。

「――くそ、来《く》るな！」

コウガの声《こえ》だ。

ふりかえると、コウガが唯菜《ゆいな》ちゃんをかばって、不良《ふりょう》ともみあっていた。

新《しん》は別《べつ》の不良《ふりょう》を、木《こ》かげにひっぱりこんだところだ。

わたしは、パーカーのポケットを探《さぐ》った！

よし、これだっ！

「きゃあっ！　来《こ》ないでくださいー！」

もうひとりの不良《ふりょう》から逃《に》げるふりをして、わたしは、コウガと敵《てき》のあいだに飛《と》びこんだ！

「てめぇ、待《ま》てや！」

でも追《お》いかけてきたもうひとりが、がっとわたしの肩《かた》をつかむ。

うっ、まずい……！

そう思《おも》ったとき、不思議《ふしぎ》なことがおきた。

目《め》の前《まえ》の不良《ふりょう》が、動《うご》きをとめたんだ。

「え……おれ、なにやってんだ？」

とても困《こま》ったみたいに、きょろきょろとあたりを見回《みまわ》してる。

なんだかわかんないけど――スキありだ！

ポケットから〝それ〟を地面《じめん》に落《お》とす。

そこに、コウガを襲《おそ》っていた不良《ふりょう》がつっこんできた！

「なにやってんだ、ぼーっとしてんじゃね――ぐぇえっ！」

ギシッ。宙《ちゅう》にかたまるみたいに、動《うご》きをとめる。

よく見《み》ると、不良《ふりょう》の足《あし》に、透明《とうめい》な糸《いと》がぐるぐるって巻《ま》きついていた。

よし成功《せいこう》だっ！

そのスキに、新《しん》が、不良《ふりょう》のひとりをこっそり倒《たお》して、もどってくる。

「晴《はる》、なんだ、あれ？」

「『ねばねばネット』だよ。エンジニアセクションの新作《しんさく》だって」

これは罠《わな》みたいにしかけて、透明《とうめい》な糸《いと》でぐるぐる巻《ま》きにしちゃうんだ。

不良《ふりょう》の動《うご》きがとまった、このスキに！

わたしは、水道《すいどう》にかけ寄《よ》って、蛇口《じゃぐち》をガンッと蹴《け》りつけた！

バシャバシャッ！

こわれた水道《すいどう》から、水《みず》が噴《ふ》きだして、不良《ふりょう》たちにむかって降《ふ》りかかった！

「うわあっ！」

「ぶわっ、なんだ！」

新《しん》が叫《さけ》んだ。

「今《いま》のうちに逃《に》げるぞ！」

走《はし》りだしたわたしは、ちらっとふりかえった。

不良《ふりょう》たちは、水《みず》を浴《あ》びてきょとんとしている。

あれ、なんで追《お》いかけてこないんだろ。

コウガの声《こえ》が飛《と》んだ。

「晴《はる》、なにしてる、いそげ」

「あ、うん！」

不思議《ふしぎ》に思《おも》いながら、わたしはみんなのあとを追《お》いかけたんだ。


わたしたちは、ビーチまでもどってきて、ようやく立《た》ちどまった。

唯菜《ゆいな》ちゃんが、コウガにぎゅっとしがみつく。

「助《たす》けてくれてありがとう。わたし、こわかった……！」

「なにもなくてよかったな」

コウガの言葉《ことば》に、わたしも思《おも》いきりうなずいた。

「ホントに、無事《ぶじ》でよかった！」

「あ……ありがと」

唯菜《ゆいな》ちゃんは、複雑《ふくざつ》そうな顔《かお》をしてる。

あ、そっか……わたし、あんまりよく思《おも》われてないんだった。

「──いや、まってよ、晴《はる》ちゃん」

真剣《しんけん》な声《こえ》は、カナタくんだった。

「おれ、晴《はる》ちゃんに、先生《せんせい》に知《し》らせてって言《い》ったよね。あれは逃《に》げろってことだよ。なんで無視《むし》して、不良《ふりょう》にむかっていっちゃったの？」

なんで……って。

「唯菜《ゆいな》ちゃんが、あぶないって思《おも》ったから……」

「あぶないのは晴《はる》ちゃんもだよ。不良《ふりょう》が四人《にん》もいて、ケガしてたかもしれないんだよ」

あっ……たしかに、普通《ふつう》の女《おんな》の子《こ》だったら、逃《に》げちゃうはずのところだ。

わたしは、素直《すなお》に謝《あやま》った。

「ごめんなさい。とっさに、体《からだ》が動《うご》いちゃった……」

はあ、って、カナタくんがため息《いき》をついた。

「もうやらないって約束《やくそく》して。それから、ケガとかしてないよね」

ぱっと手《て》をつかまれて、わたしは思《おも》わずあとずさった。

カナタくんが、むっと口《くち》をとがらせた。

「逃《に》げないで」

いや、あの、顔《かお》が近《ちか》くてですね！

芸能人《げいのうじん》のキラキラの顔《かお》は、ものすごく心臓《しんぞう》に悪《わる》いっていうか……！

ぐいっ！

「うわっ！」

きゅうに、後《うし》ろにひっぱられた。

ふりかえると、新《しん》がわたしの腕《うで》をつかんでいる。

「どうしたの？」

新《しん》はわたしの腕《うで》をにぎりしめたまま、ぎしっと硬直《こうちょく》してる。

その顔《かお》をのぞきこむと、はっと、われにかえったみたいだった。

「……な、んでもない」

わたしの腕《うで》をはなして、自分《じぶん》の手《て》を見《み》る。カナタくんとわたしを交互《こうご》に見《み》て……。

紅茶色《こうちゃいろ》の瞳《ひとみ》を、ぶわ、と見開《みひら》いている。

こんなことをした自分《じぶん》が、信《しん》じられないっていうみたいに。

「おれ……なにしてんだ」

ええ……ホントどうしちゃったの、新《しん》？　なんか変《へん》だよ。

「ああ、そっか！」

唯菜《ゆいな》ちゃんが、パン、と両手《りょうて》を合《あ》わせた。ぱっと顔《かお》を輝《かがや》かせる。

そして——とんでもないことを言《い》ったのだ。


「もしかして、奈々木《ななき》くんって、晴《はる》ちゃんのこと好《す》きなの？」


えっ。新《しん》が、わたしのことを……好《す》き？

「いやいや、そんなわけないよ。だって新《しん》はわたしの——」

あっと、まずい。相棒《あいぼう》って言《い》いそうになった。

「友《とも》だちだもん！」

それに新《しん》は言《い》った。恋愛《れんあい》はしないんだって。スパイにそんな感情《かんじょう》は必要《ひつよう》ないから。

唯菜《ゆいな》ちゃんは、ひとさし指《ゆび》をくちびるにあてて、首《くび》をかしげた。

「そうなの？　でも今《いま》のって嫉妬《しっと》よね。カナタくんが晴《はる》ちゃんを気《き》にしてるのが、いやだったんじゃない？」

嫉妬《しっと》!?　新《しん》が!?

「ちがう」

新《しん》がきっぱり言《い》った。いつもと変《か》わらない、クールな顔《かお》だ。

でもたぶん、わたしにだけはわかる。

その瞳《ひとみ》が、うろうろと泳《およ》いでいて……たぶん、動揺《どうよう》してる。

これって、すごくめずらしいよ。新《しん》がこんなふうに感情《かんじょう》を見《み》せるなんて。

でもそれは一瞬《いっしゅん》だった。

「ありえないよ、おれが、晴《はる》を好《す》きなんて」

氷《こおり》のような声《こえ》のあと。

新《しん》はもう、クールで、なににも動《どう》じないいつもの顔《かお》に、もどっていたんだ。

6 わたしの失敗《しっぱい》を挽回《ばんかい》するんだ！

わたしと新《しん》は、木《こ》かげで蓮夜先輩《れんやせんぱい》と合流《ごうりゅう》した。

ここは見晴《みは》らしがよくて、なにかあればすぐに、コウガのところにかけつけられるんだ。

蓮夜先輩《れんやせんぱい》の腕《うで》には『実行委員《じっこういいん》』の腕章《わんしょう》が、そして肩《かた》には、ホクトが座《すわ》っている。

「うにゃぁ！」

「ホクト！　いっしょに来《き》てたんだね！」

ぎゅってだきしめると、ホクトはごろごろとのどをならす。かわいい！

「こっそりつれてきたんだよ。ホクトもぼくらの一員《いちいん》だからね」

「よろしくな、ホクト」

新《しん》がホクトの頭《あたま》をなでると、バシッとしっぽでたたかれていた。

なんだか新《しん》って、ビミョーにホクトに嫌《きら》われてる……？

蓮夜先輩《れんやせんぱい》が言《い》った。

「さっきの不良《ふりょう》たちは『夜《ナイト》』が確保《かくほ》した。でもただの地元《じもと》の不良《ふりょう》で、しかも、自分《じぶん》たちがやったことを、覚《おぼ》えていないって言《い》うんだ」

「じゃあ、あの不良《ふりょう》たちは、『スター』の刺客《しかく》じゃなかったんだ」

わたしは目《め》を見開《みひら》いた。

「いや、あいつらは明《あき》らかに黒宮《くろみや》をねらっていた。だから考《かんが》えられるとすれば……不良《ふりょう》たちはだれかに、操《あやつ》られていたってことか」

新《しん》がホクトのほうを見《み》ながら言《い》う。ちょっと悲《かな》しそうだ。

たしかにあの人《ひと》たち、どこを見《み》ているわからない、うつろな目《め》をしてた……。

「敵《てき》が、人《ひと》を操《あやつ》る能力《のうりょく》を持《も》ってる、ってことですか？」

わたしが聞《き》くと、蓮夜先輩《れんやせんぱい》がうなずいた。

「図書館襲撃《としょかんしゅうげき》のときも、生徒《せいと》や先生《せんせい》を操《あやつ》って、外《そと》にだしたのかもしれないね」

図書館《としょかん》……。あっ！

「さっき不良《ふりょう》たちから、甘《あま》い香《かお》りがしたんだ。図書館《としょかん》のときと同《おな》じだった！」

新《しん》がわたしのほうをむく。

「ああ、お前鼻《まえはな》いいもんな」

ふうん、と言《い》ったのは、先輩《せんぱい》だった。

「――香水姫《こうすいひめ》、か」

香水姫《こうすいひめ》？　わたしと新《しん》は顔《かお》を見合《みあ》わせた。先輩《せんぱい》が教《おし》えてくれる。

「言《い》ったよね、『スター』には、特別《とくべつ》な力《ちから》を持《も》った刺客《しかく》がいる。そのうちのひとりに、『香水《こうすい》姫《ひめ》』って呼《よ》ばれるスパイがいるらしい」

香水姫《こうすいひめ》かあ。

「……いいなあ」

だって「姫《ひめ》」ってついてるんだよ。わたしもそういう呼《よ》び名《な》がよかった。

新《しん》にじろっとにらみつけられる。

「晴《はる》、くだらないこと考《かんが》えてただろ」

……新《しん》って、わたしの考《かんが》えてること、なんでもわかっちゃうんだから。

蓮夜先輩《れんやせんぱい》が、指先《ゆびさき》でホクトののどをくすぐっている。

「香水姫《こうすいひめ》は、自分《じぶん》で調合《ちょうごう》した香水《こうすい》を使《つか》って、人《ひと》を操《あやつ》ることができるんだ。今回《こんかい》の刺客《しかく》はおそらく、香水姫《こうすいひめ》だろうね」

「めんどうだな」

新《しん》が、顔《かお》をしかめた。

知《し》り合《あ》いが襲《おそ》ってくるかもしれない。だれが敵《てき》かわからないんだもんね。

「気《き》になるのは、香水姫《こうすいひめ》に操《あやつ》られた不良《ふりょう》が、先《さき》に西原唯菜《にしはらゆいな》をねらったことだ。黒宮《くろみや》を呼《よ》び寄《よ》せるおとりに西原《にしはら》が利用《りよう》された」

新《しん》の言葉《ことば》に、蓮夜先輩《れんやせんぱい》の琥珀色《こはくいろ》の瞳《ひとみ》が、わたしをじっと見《み》つめた。

「おそらく『香水姫《こうすいひめ》』は、思《おも》ったんだろうね。――黒宮《くろみや》くんと西原《にしはら》さんは、特別《とくべつ》な関係《かんけい》らしい。利用《りよう》できそうだ、ってね」

わたしは、血《ち》の気《け》がひく思《おも》いがした。

「それって、唯菜《ゆいな》ちゃんのほうが……コウガの彼女《かのじょ》だって、思《おも》われたんだ」

唯菜《ゆいな》ちゃんの言葉《ことば》が、よみがえる。

――きっとわたしのほうが――コウガの彼女《かのじょ》っぽいんだよ。

「……だからねらわれたんですね。わたしが、ちゃんとコウガの彼女《かのじょ》になれてないから」

「ああ。これは晴《はる》の失敗《しっぱい》だよ。西原《にしはら》さんをあぶない目《め》にあわせてしまったね」

こういうときの蓮夜先輩《れんやせんぱい》は、容赦《ようしゃ》がなくて、正《ただ》しい。

「それで、晴《はる》はどうするの？」

蓮夜先輩《れんやせんぱい》の言葉《ことば》に、わたしは、こぼれそうになる涙《なみだ》をぐいっとぬぐった。

「これから、挽回《ばんかい》します！」

ぐずぐず落《お》ちこんでたって始《はじ》まらない。

わたしの失敗《しっぱい》は、わたしがとりかえす！

いきおいよくうなずいた先《さき》で、蓮夜先輩《れんやせんぱい》が、にこーっと笑《わら》っていた。

「……うわ」

新《しん》がめちゃくちゃひいてる。わたしもぞっとした。

蓮夜先輩《れんやせんぱい》は笑《わら》ってるほうが、だんぜんこわいってこと、よく知《し》ってるから。

「じゃあ、これをあげる」

蓮夜先輩《れんやせんぱい》がさしだしたのは、小《ちい》さな、ガラスビンだ。

ハートのふたがついている。なかにはピンク色《いろ》の液体《えきたい》が、ちゃぷちゃぷと揺《ゆ》れていた。

「これ、あのプリンセスの香水《こうすい》ですよね？」

エンジニアセクションの、アイテムのひとつなんだ。

しゅっと吹《ふ》きかけるだけで、相手《あいて》をメロメロにできちゃう、いわゆるほれ薬《ぐすり》みたいなもの……

なんだけど。

ちょっとまえに試作品《しさくひん》を使《つか》ったんだけど、うまくいかなかったんだよね。

「うん。ある『スター』の刺客《しかく》の力《ちから》を解析《かいせき》して、改良《かいりょう》したんだってさ」

「刺客《しかく》、香水《こうすい》……って、もしかして！」

「そう、香水姫《こうすいひめ》だよ」

うわあ、そう言《い》われると、めちゃくちゃ効《き》きそうな気《き》がする……。

蓮夜先輩《れんやせんぱい》が、ささやくように言《い》った。

「これでこんどこそ、黒宮《くろみや》くんは晴《はる》にメロメロになるよ」

「メロメロに……」

それって……。

「たとえば、ほんとうの恋人同士《こいびとどうし》みたいにまっすぐ見《み》つめあったり、やさしく笑《わら》ってくれたり
……まさか、手《て》をつないだりとか、ぎゅって、されたりとか!?」

妄想《もうそう》だけでも、ちょっとドキドキする！

「えへへ、そんなことになったら、照《て》れるな……」

夢見《ゆめみ》るように、香水《こうすい》ビンを、目《め》の前《まえ》にかかげたときだ。

「わかってると思《おも》うけど——黒宮《くろみや》コウガと、ほんとうに恋《こい》をするのはだめだよ」

蓮夜先輩《れんやせんぱい》の瞳《ひとみ》は、なにもかもを見透《みす》かすみたいにするどい。

「わ、わかってます」

あくまで、ミッションのためだもんね。

よしがんばるぞ！　って、気合《きあ》いを入《い》れたときだった。

「待《ま》ってください」

「ぐえっ」

パーカーのフードをひっぱられて、わたしは新《しん》のほうに転《ころ》がりそうになった。

「ちょっと、なにすんの！」

気《き》がつくと、わたしの真後《まうし》ろに新《しん》がいる。

「……おれはその作戦《さくせん》に反対《はんたい》です！」

先輩《せんぱい》が、きゅうっと目《め》を細《ほそ》めた。

「めずらしいね、新《しん》が作戦《さくせん》に口《くち》をだすなんて。理由《りゆう》を聞《き》こうか？」

わたしたちは、どんな無茶《むちゃ》な命令《めいれい》でもぜったい。

それはわたしより、優秀《ゆうしゅう》なスパイの、新《しん》のほうがよく知《し》ってるはずなのに。

新《しん》が言《い》った。

「理由《りゆう》……あ……いや、晴《はる》と黒宮《くろみや》の関係《かんけい》を、これ以上進《いじょうすす》める必要《ひつよう》はないかと」

「その結果《けっか》、西原《にしはら》さんを巻《ま》きこんだのに？」

ぐ、と新《しん》がひるんだのがわかった。先輩《せんぱい》が、目《め》を細《ほそ》める。

「特《とく》に理由《りゆう》はないのかな。それとも、黒宮《くろみや》くんが晴《はる》にメロメロになるのがいや、とか？」

新《しん》が、びくっとした。

「いや、そういうわけじゃ……」

「まさか、図星《ずぼし》？」

先輩《せんぱい》の笑《え》みが、どんどん冷《ひ》えていくのがわかる。

視線《しせん》をさまよわせていた新《しん》が、ちらっとこっちを見《み》た。

やがて、一度《ど》、深《ふか》く息《いき》を吸《す》った。

「いいえ。すみません。……作戦《さくせん》は合理的《ごうりてき》です」

その声《こえ》は、極限《きょくげん》まで感情《かんじょう》を削《けず》りおとしたみたいに、冷《ひ》えきっている。

それからずっと、新《しん》はぐっと押《お》しだまったままだった。

……とにかく、作戦《さくせん》は決行《けっこう》、ってことでいいんだよね。

わたしは、香水《こうすい》ビンをにぎりしめた。

ちゃぷ、と揺《ゆ》れるピンク色《いろ》の液体《えきたい》は……人《ひと》の心《こころ》を操《あやつ》る、香水《こうすい》だ。
ちょっとだけ、ざわっとした。
コウガの心《こころ》を香水《こうすい》で操《あやつ》るの……？
それっていいことなのかな。
……ううん、よけいなこと考《かんが》えちゃだめだ。
それが、コウガを守《まも》る一番《いちばん》の道《みち》だから。
わたしが考《かんが》えなくちゃいけないのは……コウガ護衛作戦《ごえいさくせん》の、成功《せいこう》だけなんだから。

7 バーベキューとメロメロなコウガ

空《そら》がオレンジ色《いろ》にそまるころ。

海辺《うみべ》では、バーベキューが始《はじ》まっていた！

「わあ……っ！」

わたしは、目《め》をまん丸《まる》に見開《みひら》いた。

大《おお》きなコンロがいくつも置《お》かれていて、銀色《ぎんいろ》の網《あみ》がぴかぴかに輝《かがや》いている。

わたしは、長《なが》い串《くし》を手《て》にずっとそわそわしていた。

ここに好《す》きな具《ぐ》をさしていいんだって。

「どうしよう、なににしよう、新《しん》！」

お肉《にく》とエビでしょ、あと玉《たま》ねぎと、とうもろこし？　あっ、でもパンやマシュマロやビスケットもあるし……選《えら》べないよ！

「なんでそんなはしゃいでるんだ。おれたち、何回《なんかい》もやったことあるだろ。川《かわ》で魚《さかな》をつかまえたり、木《き》の実《み》とったりしてさ」

「……そういうのはサバイバルっていうんだよ。バーベキューじゃない」

だいたいそれって、ジャングルに放《ほう》りこまれたり、任務《にんむ》で敵地《てきち》にとりのこされて、脱出《だっしゅつ》したりしたときじゃん。

こういう、みんなでやるバーベキューとは、ぜんぜんちがうの！

新《しん》ってば、わかってないなあ。

わたしが、ムスッとしたときだった。

「きゃあっ！」

後《うし》ろで声《こえ》がして、わたしははっとふりかえった。

ええっ！　野菜《やさい》が降《ふ》ってくる！

野菜係《やさいがかり》の女《おんな》の子《こ》が、ざるを持《も》ったまま、足《あし》をすべらせちゃったんだ！

このままじゃ、バーベキューがだいなしになる！

ぱしっ！　と、地面《じめん》に落《お》ちるまえのざるを、受《う》けとめた。

宙《ちゅう》を舞《ま》う野菜《やさい》を、ささっとすくう。

ついでに手《て》に持《も》った串《くし》で、ぷすぷすぷすっと具《ぐ》を受《う》けとめて、っと。

パプリカに玉《たま》ねぎ、とうもろこし、プチトマトとエリンギと、アスパラガス！

よし、セーフ！

わたしは、野菜《やさい》のざるをかえして笑《わら》った。

「砂《すな》まみれにならなくてすんだね」

そして、わたしのバーベキュー串《ぐし》も、カラフルでおいしそうにできた！

ほくほくしてると、みんなぽかん、とこっちを見《み》ているのに気《き》がついた。

「え、手品《てじな》？」

「すっげえ……あいつ、串《くし》で受《う》けとめてたよな、あんなのできるのか⁉」

あわてて新《しん》をふりかえると、ぎゅううっと眉間《みけん》にしわが寄《よ》っている。

あっ！　あれは、アウトのサインだ！

「わたし、マシュマロもらってきます！」

みんなの視線《しせん》から逃《に》げるみたいに、わたしは慌《あわ》ててかけだしたんだ。

海辺《うみべ》のバーベキューは、すごく盛《も》りあがってる。

わたしは、コウガをさがしていた。さっきまで新《しん》といっしょにいたはずだけど。

「あ、いた！」

コウガは、波打《なみう》ち際《ぎわ》でサイダーのビンを片手《かたて》に、海《うみ》を見《み》つめてる。

ポケットの香水《こうすい》を確認《かくにん》して、わたしはぐっと気合《きあ》いを入《い》れた。

作戦《さくせん》を決行《けっこう》しなくちゃ……行《い》くぞ！

「コウガ！」

こっちをむいた瞬間《しゅんかん》、わたしは香水《こうすい》ビンを取《と》りだした。

しゅっ。

「うわっ」

甘《あま》いお花《はな》の香《かお》りがする。

よし、ここからは、じっと見《み》つめあって、できれば手《て》なんかをにぎる。

って、ちゃんと計画《けいかく》を立《た》てていたのに。

「――ったく、なにすんだよ、しかたねえなあ」

その声《こえ》に、ぜんぶ吹《ふ》きとんだ。

なに……今《いま》の声《こえ》。

軽《かる》く頭《あたま》をふったコウガが、こっちをむく。その口《くち》もとが、ふとつりあがる。

「そんなにおれに会《あ》いたかったのか？」

耳《みみ》の奥《おく》がしびれるみたいに、甘《あま》い声《こえ》。

口《くち》もとはやさしく笑《わら》っていて、その目《め》は、まっすぐにわたしだけを見《み》つめている。

「こっち見《み》ろよ、なあ――晴《はる》」

大切《たいせつ》な、宝物《たからもの》のように、わたしの名前《なまえ》を呼《よ》ぶ。

お前《まえ》は特別《とくべつ》だ、大好《だいす》きだって、その声《こえ》から、ぜんぶが伝《つた》わってくる。

これって、ほれ薬《ぐすり》の香水《こうすい》が効《き》いてるってことだ。

その抜群《ばつぐん》の効果《こうか》に、わたしは、もうすっかり後悔《こうかい》していた。

このメロメロの破壊力《はかいりょく》……わたし、耐《た》えきれないかも！

「ははっ、顔《かお》真《ま》っ赤《か》にしてんなよ、かわいいな」

ちらっとくちびるからのぞく真《ま》っ赤《か》な舌《した》に、わたしは心《こころ》のなかで、悲鳴《ひめい》をあげた。

無理《むり》です、だめです。でなおそう。

わたしの経験値《けいけんち》じゃ、太刀打《たちう》ちできない！

「なんでもないです、おじゃましました！」

「待《ま》てって」

ぐっと腕《うで》をつかまれて、ひき寄《よ》せられる。
ふりかえったすぐそばにコウガがいて、ぎゅっと抱《だ》きしめられて。
心臓《しんぞう》の音《おと》まで聞《き》こえるみたいで。
うわぁあああっ！
いやいやいや、待《ま》って、パニックになってる場合《ばあい》じゃないって！
落《お》ちつけ、がんばれ、わたしだって、『夜《ナイト》』のスパイだ！
ここからなんとかするぞ！
って、入《い》れた気合《きあ》いもあっというまにはじけとんだ。
耳《みみ》もとをかすめる、とろけるような、甘《あま》い声《こえ》のせいで。
「逃《に》げようとしてんじゃねえよ。お前《まえ》はおれのだろ、晴《はる》」
ひ……っ。
耳《みみ》の奥《おく》で、鼓動《こどう》がうるさい。
——でも……。

おそるおそる、コウガの顔《かお》を見上《みあ》げて、わたしははっとした。

夜明《よあ》け色《いろ》の瞳《ひとみ》に、今《いま》は光《ひかり》がない。

さっき襲《おそ》ってきた不良《ふりょう》たちみたいに、空《から》っぽで……わたしのことなんて、見《み》てないんだって、すぐにわかった。

きゅうに心《こころ》につめたい風《かぜ》が、吹《ふ》きこんできたみたいだった。

コウガはほれ薬《ぐすり》の香水《こうすい》に、操《あやつ》られてるだけなんだ。

思《おも》わず、ドンッてコウガをつきとばす。

「うわっ！」

バシャン！　波打《なみう》ち際《ぎわ》にしりもちをついたコウガに、ざぶんっと波《なみ》がおおいかぶさる。

「ゲホッ、なに、うわ、しょっぱ……」

「わ、ごめん！　だいじょうぶ？」

ぶんぶんと頭《あたま》をふったコウガが、不機嫌《ふきげん》そうに言《い》った。

「なにすんだよ」

目《め》に光《ひかり》がもどってる。……いつものコウガだ。

ほっとしたわたしを見《み》て、コウガが、困《こま》ったように首《くび》をかしげた。

「あれ、おれ今《いま》……お前《まえ》になに言《い》った？」

コウガの顔《かお》が、じわじわと赤《あか》くなっていく。

「うわ、ウソだろ、なんであんなこと……」

もしかして、香水《こうすい》に操《あやつ》られてたときのこと、覚《おぼ》えてるの⁉

香水姫《こうすいひめ》のより効果《こうか》が弱《よわ》いから、記憶《きおく》が残《のこ》っちゃうってこと⁉

片手《かたて》で顔《かお》をおおって、くそ、とつぶやいたあと、コウガは赤《あか》い顔《かお》であたりを見回《みまわ》した。

いつのまにか、クラスの何人《なんにん》かが集《あつ》まってきてる。

「黒宮《くろみや》くん、どうしちゃったの？」

「なんか変《へん》じゃなかった？」

そこには唯菜《ゆいな》ちゃんの姿《すがた》もあった。するどい視線《しせん》が、わたしにつきささる。

「コウガ、なにがあったの？」

うわ、どうしよう。

わたしがわたわたしてると、かけ寄《よ》ってきたのはカナタくんだった。

「なにやってんだよ、きゅうに、晴《はる》ちゃんにせまったりして。らしくないよ」

起《お》きあがったコウガは、それはもう、深《ふか》くため息《いき》をついた。

小《ちい》さな舌打《したう》ちのあとに、小声《こごえ》で耳打《みみう》ちされる。

「あとで、説明《せつめい》してもらうからな」

「えっ？」

そうして、わたしの頭《あたま》を、がっと自分《じぶん》の胸《むね》に抱《だ》きこんだんだ。

……え、えええっ！

「こいつはおれの彼女《かのじょ》なんだから、とうぜんだろ」

一瞬《いっしゅん》、沈黙《ちんもく》が落《お》ちて。

きゃあああっと、悲鳴《ひめい》がひびきわたった。

顔《かお》を真《ま》っ赤《か》にしてる子《こ》も、その場《ば》に崩《くず》れおちてる子《こ》もいる。

唯菜《ゆいな》ちゃんの視線《しせん》が、まっすぐにわたしにつきささる。

それはもう、すごいさわぎだった。

……わかってる。コウガは、まわりにバレないようにするために、こうしてくれてるんだって。

でも、一言《ひとこと》だけ、心《こころ》のなかで叫《さけ》ばせてほしい！

だれが、ここまでしろって言《い》ったー！

コウガが、カナタくんたちとバーベキューにもどっていったあと。

夕暮《ゆうぐ》れのせまる砂浜《すなはま》に残《のこ》されたのは、わたしと新《しん》だけだった。

「――黒宮《くろみや》に助《たす》けられたな」

わかってる。コウガがごまかしてくれなかったら、わたしたちがスパイだってこと、バレてたかもしれない。

「どうして黒宮《くろみや》をつきとばした？　香水《こうすい》で、仲《なか》を深《ふか》める作戦《さくせん》だったはずだろ」

わたしは、うつむいた。

「コウガの目《め》が、空《から》っぽだったの」

あの瞬間《しゅんかん》、夜明《よあ》け色《いろ》のきれいな瞳《ひとみ》は、なんの光《ひかり》もうつしてなかった。

ぎゅっと胸《むね》に手《て》をあてる。

「どれだけステキな言葉《ことば》も、ほんとうじゃないって思《おも》ったら……すごくかなしくなった」

新《しん》がひとつ、息《いき》をついた。

「晴《はる》はさ、黒宮《くろみや》から、ほんとうの言葉《ことば》がほしかったのか？」

新《しん》はまっすぐに、こっちを見《み》つめている。

そうして、紅茶色《こうちゃいろ》の瞳《ひとみ》を揺《ゆ》らして――言《い》ったんだ。

「お前《まえ》と黒宮《くろみや》は、ほんとうの恋人同士《こいびとどうし》じゃないのに」

その言葉《ことば》は、わたしにまっすぐつきささった。

「……もういい」

そうして、どうしてだか……新《しん》も、とても痛《いた》くてつらそうな顔《かお》をしていたんだ。

8 新《しん》はいつも無《む》茶《ちゃ》をするんだ

夕日《ゆうひ》が海《うみ》にとけていく。

オレンジ色《いろ》がゆらゆらと揺《ゆ》れて、ウソみたいにきれいで、ちょっとさびしい。

さく、と砂《すな》をふむ音《おと》がした。

顔《かお》をあげると、コウガが長《なが》いかげをひいて立《た》っている。

「お前《まえ》、おれの護衛《ごえい》だろ。なにしてんだよ」

「……蓮夜先輩《れんやせんぱい》も、新《しん》もちゃんとそばにいるよ」

コウガがとなりに座《すわ》る気配《けはい》がした。

「奈々木《ななき》から聞《き》いた。さっきのあれ、作戦《さくせん》だったんだろ」

ぎくっ。

「よくわかんねえ香水《こうすい》で、おれをメロメロにしようとしてたらしいなあ、晴《はる》？」

「……ごめんなさい」

わたしは、ぽつりと言《い》った。

「わたしより唯菜《ゆいな》ちゃんのほうが、コウガの彼女《かのじょ》みたいだった。だからさっき、ねらわれたの」

わたしは、うつむいた。

「だからもっと、コウガの彼女《かのじょ》として、がんばらなくちゃって……そう思《おも》って……」

ぐっと、声《こえ》がつまる。

「人《ひと》の心《こころ》って、かんたんに操《あやつ》っちゃいけないものだってわかってたのに」

あんなふうに、かなしい気持《きも》ちになるなんて、思《おも》ってもみなかった。

コウガが、くしゃりと夜色《よるいろ》の髪《かみ》をかきまぜた。

「ああ。おれもあんなこと、操《あやつ》られて言《い》いたくない」

「うん」

「言《い》うならちゃんと、本心《ほんしん》からじゃねえとな」

ニヤッと笑《わら》ったコウガは、もういつもどおりで、なんだかちょっと安心《あんしん》したんだ。

「で、なんでこんなところで落《お》ちこんでんだよ」

「……新《しん》に、嫌《きら》われちゃったかも」

「奈々木《ななき》となにかあったのか？」

わたしは、ひざをかかえてうつむいた。

「新《しん》、たぶんおこってるんだ……きっとわたしが失敗《しっぱい》ばっかりの、だめスパイだから」

コウガに香水《こうすい》を使《つか》って、失敗《しっぱい》したこと。

ほんとうの気持《きも》ちじゃないと、かなしいって思《おも》ったこと。

新《しん》に、つきはなすみたいに「もういい」って言《い》われたこと。

話《はな》しながら落《お》ちこんでるわたしのとなりで、コウガは両手《りょうて》を後《うし》ろについて、空《そら》を見上《みあ》げた。

海《うみ》に近《ちか》いところはオレンジ色《いろ》、真上《まうえ》は淡《あわ》い青《あお》の、夕暮《ゆうぐ》れのコントラスト。

吹《ふ》きわたる風《かぜ》には、海《うみ》の青《あお》いにおいがまじっている。

こっちを見《み》ないまま、コウガが言《い》った。

「なあ、お前《まえ》と奈々木《ななき》って……なんなの？」

「相棒《あいぼう》だけど」

「あー……そうじゃなくてさ。その、お前《まえ》らつきあってたりとか、すんの？」

つきあう⁉　新《しん》と⁉

「ない、ないよ！」

わたしは、ぶんぶん首《くび》を横《よこ》にふった。びっくりした……。

夕暮《ゆうぐ》れのさわやかな風《かぜ》が吹《ふ》きぬけて、すっと体《からだ》を冷《ひ》やしていく。

「新《しん》は、わたしの、世界《せかい》で一番大切《いちばんたいせつ》な相棒《あいぼう》だよ」

背中《せなか》がすこし、寒《さむ》い気《き》がした。

いつも背中《せなか》をあずけられる相棒《あいぼう》が、今《いま》はそばにいないからだ。

「クールだし、たまにこわいけど。でもホントは、世界《せかい》で一番《いちばん》、やさしいやつなの」

夕日《ゆうひ》のはしっこが、とろとろと海《うみ》にすいこまれていく。

「それにすぐ無茶《むちゃ》するから、相棒《あいぼう》のわたしが、ちゃんと見《み》ておかないといけないんだ」

「奈々木《ななき》が？　へえ、信《しん》じらんねえな。あいつ、そういうことしそうにないのに」

コウガが目《め》を見開《みひら》く。わたしはふふっと笑《わら》った。

「新《しん》はさ、すっごく優秀《ゆうしゅう》だから、すぐにひとりでがんばっちゃうんだよ」

そういえば……と、わたしは、沈《しず》む夕日《ゆうひ》を見《み》つめて、ぽつりと口《くち》をひらいた。

新《しん》がわたしの相棒《あいぼう》になって、最初《さいしょ》のミッションのとき。

場所《ばしょ》はアメリカの、ネオンがギラギラ輝《かがや》く、高層《こうそう》ビルが立《た》ちならぶ街《まち》だった。

その日《ひ》は、姿《すがた》が見《み》えないぐらいの大雨《おおあめ》だった。

ミッションは、マフィアの取《と》り引《ひ》き現場《げんば》の証拠《しょうこ》を、おさえること。

でも、うまくいってたのに、途中《とちゅう》で仲間《なかま》のひとりが見《み》つかっちゃったんだ。

それから、何時間《なんじかん》も敵《てき》に追《お》いまわされた……。

黒《くろ》いフードの下《した》、新《しん》が舌打《したう》ちした。

「――だめだ、追《お》いつかれる！」

あとすこしで『夜《ナイト》』との合流地点《ごうりゅうちてん》ってところだったのに！

さっと、わたしたちがかくれている路地《ろじ》に、サーチライトがさしこむ。

見《み》つかった……っ！

「晴《はる》、お前《まえ》は仲間《なかま》と先《さき》に行《い》け。おれが敵《てき》をひきつける」

「わたしもやる。いっしょに行《い》こう」

「おれひとりのほうが、残《のこ》り全員《ぜんいん》逃《に》げられる可能性《かのうせい》が高《たか》い――行《い》け！」

短《みじか》く叫《さけ》んで、新《しん》は路地《ろじ》から飛《と》びだした。

銃声《じゅうせい》が聞《き》こえる、叫《さけ》び声《ごえ》、雨《あめ》の音《おと》。

閃光弾《せんこうだん》がぱあっと輝《かがや》いて、ひとりで走《はし》る新《しん》の姿《すがた》を、路地《ろじ》のむこうにうつしだした。

「あっちだ！」

「見《み》つけたぞ！」

新《しん》が敵《てき》をひきつけてるあいだに、『夜《ナイト》』の本体《ほんたい》と合流《ごうりゅう》すれば、仲間《なかま》もわたしも助《たす》かる。

でも新《しん》は？　ひとりだけ帰《かえ》ってこないつもりなの？

そんなの、ぜったいにいやだ！

「新《しん》を追《お》う。みんなは合流地点《ごうりゅうちてん》へ！」

言《い》いすてて、わたしは新《しん》のあとを追《お》いかけた。

追《お》いついたとき、敵《てき》のライトに照《て》らされたなかで、新《しん》はひとり、まっすぐまえを見《み》すえて立《た》っていた。たくさんの銃口《じゅうこう》が新《しん》にむいている。

「新《しん》！」

飛《と》びこんだわたしを見《み》た新《しん》が、目《め》を見開《みひら》いた。

「……どうして」

どれだけおこられたっていいよ。だって……。

「――わたしが、新《しん》を守《まも》りたいんだ」

わたしは、あっけにとられているコウガのほうをむいた。

「それでふたりで敵《てき》のなかを突破《とっぱ》して、無事《ぶじ》もどってきた——はず」

「はずってなんだよ」

「そのあとわたし、大《おお》ケガして入院《にゅういん》しちゃったんだ。だからあんまり覚《おぼ》えてないんだよね」

「……無茶《むちゃ》はお前《まえ》もだよ」

ため息《いき》まじりに言《い》ったコウガは、なんだかちょっと不機嫌《ふきげん》そうだ。

「なんで、そんな不満《ふまん》そうなの」

「んー？　おれより奈々木《ななき》のほうが……お前《まえ》の一番近《いちばんちか》くにいる気《き》がする」

後《うし》ろに手《て》をついたまま、こてん、と首《くび》をかしげる。

「あーあ、おれも言《い》われてみてえな。晴《はる》に。〝世界《せかい》で一番大切《いちばんたいせつ》だ〟って」

その声《こえ》が、一瞬《いっしゅん》とても甘《あま》くなった気《き》がして。

わたしは、おそるおそる聞《き》いた。

「……まさか、まだ香水《こうすい》のこってる？」

「ねえよ。言《い》っただろ、こういうのは、本心《ほんしん》で言《い》うからいいんだよ。晴《はる》だって、そのほうがいいだろ？」

ぶわっと顔《かお》が熱《あつ》くなった。

「し、知《し》らない!!」

またすぐ人《ひと》をからかうんだ！　このいじわるキング！

くやしそうな顔《かお》をしてるわたしを、楽《たの》しそうに見《み》たあと。

コウガは、静《しず》かにつぶやいた。

「でも、相棒《あいぼう》を守《まも》りたいのは、きっと奈々木《ななき》のほうなんだよ」

わたしは、目《め》を見開《みひら》いた。

「奈々木《ななき》はお前《まえ》のこと、大切《たいせつ》にしてる。だから無茶《むちゃ》しても守《まも》りたいんだ」

コウガは、ひょい、と立《た》ちあがった。

「だから嫌《きら》われてるとか、そんなことねえよ。たぶん混乱《こんらん》してるだけだろ」

「混乱《こんらん》って、新《しん》が？　どうして？」

コウガは、もうすっごくあきれてます、って顔《かお》だ。

「……ウソだろお前《まえ》、気《き》づいてねえの？　奈々木《ななき》がかわいそうだわ」

「どういうこと？」

「………言《い》いたくねえ」

「なんで!?　教《おし》えてくれたっていいじゃん！」

「あー……奈々木《ななき》が、ライバルになるかもしんねえから」

コウガと新《しん》が、ライバルになるってこと？

「なんの？　サッカーとか？　あっ、まさか財閥御曹司《ざいばつおんぞうし》の？　いやあ、ならないと思《おも》うけどな。

新《しん》はどっちも興味《きょうみ》ないと思《おも》うし」

サッカーはともかく、お金持《かねも》ちとか新《しん》はいやがりそうだよ。

コウガは、はあああ、と大《おお》きなため息《いき》をついた。

「お前《まえ》さあ、恋愛《れんあい》とか王子様《おうじさま》とか言《い》って、カンジンなとこぜんっぜんだめじゃねえか」

「あっ、なんで今《いま》ばかにしたの!?」

どれだけ聞《き》いても、コウガはひらひらと手《て》をふるだけだ。

「いいよ、晴《はる》はわかんなくても」

なんて、ちょっと笑《わら》って言《い》うのが、すっごくむかつく。

ホントなんなの!?

9　きもだめしにしかけられた罠《わな》

もうすぐ、臨海学校最大《りんかいがっこうさいだい》のイベント、きもだめし！

みんな私服《しふく》に着替《きが》えて、海《うみ》の見《み》える林《はやし》の入《い》り口《ぐち》に集《あつ》まってるんだ。

手《て》に懐中電灯《かいちゅうでんとう》を持《も》って、わくわくした顔《かお》をしてる。

これから、いっしょにきもだめしをまわるチームの、くじ引《び》きがはじまるんだ。

わたしと新《しん》、蓮夜先輩《れんやせんぱい》はそのはしで、こっそり輪《わ》になった。

じぃー……。

うぅ、蓮夜先輩《れんやせんぱい》の視線《しせん》がこわい。わたしは意《い》を決《けっ》して、ぺこっと頭《あたま》をさげた。

「香水作戦《こうすいさくせん》は、失敗《しっぱい》です。すみません」

「まあ、結果的《けっかてき》には、黒宮《くろみや》くんの彼女宣言《かのじょせんげん》があったから、及第点《きゅうだいてん》かな」

先輩《せんぱい》の声《こえ》があんまりこわくなくて、ちょっとほっとした。

「あとはきもだめしで、さらに彼女《かのじょ》っぽいところを見《み》せられればいいかもね」

新《しん》が首《くび》をかしげた。

「晴《はる》って、オバケとか幽霊《ゆうれい》とか、こわいのか？」

「べつに？　だってそもそも、暗《くら》いところ平気《へいき》だし」

っていうか、スパイだし。スパイの活動《かつどう》って夜《よる》が基本《きほん》だよ。

「それに幽霊《ゆうれい》もオバケも、弱《よわ》そうじゃん。透《す》けたりふわふわしてるし。勝《か》てそうだもん」

「……晴《はる》、もしかしてきもだめしで、オバケを倒《たお》そうとしてない？」

蓮夜先輩《れんやせんぱい》が、ちょっとひいている。

わたしは、ぐっとこぶしをにぎりしめた。

「もちろん襲《おそ》ってくるなら、こっちだって対抗《たいこう》してみせます！」

「いや、ちがうだろ。普通《ふつう》は、こわがって彼氏《かれし》の後《うし》ろにかくれたりするんだよ！」

あきれたような新《しん》に、わたしは、はっとした。

「あ……」

そういえば『わたプリ』だと、ヒメノちゃんはオバケも幽霊《ゆうれい》も、ニガテなんだっけ。

だから、きもだめしでは王子様《おうじさま》みたいな男《おとこ》の子《こ》に、きゃーって抱《だ》きつくんだ！

「なるほど、これできもだめしは、完全《かんぜん》に攻略《こうりゃく》した！」

よし、がんばるぞ！　ってせっかく気合《きあ》いを入《い》れたのに。

蓮夜先輩《れんやせんぱい》も、新《しん》も、なんだか遠《とお》い目《め》をしてたんだ。

さて、と先輩《せんぱい》が、わたしたちを見回《みまわ》す。

「『夜《ナイト》』が海《うみ》の家《いえ》に潜入《せんにゅう》させているエージェントから、情報《じょうほう》が入《はい》った」

一気《いっき》に、空気《くうき》がひきしまる。

「きもだめしで『スター』が、黒宮《くろみや》くんをねらう準備《じゅんび》をしている。襲撃《しゅうげき》はルートの後半《こうはん》、林道《りんどう》の一番奥《いちばんおく》が想定《そうてい》されている」

新《しん》が言《い》った。

「できれば戦闘《せんとう》は避《さ》けたい。黒宮《くろみや》のルートを変更《へんこう》します。奥《おく》までは行《い》かず、途中《とちゅう》の広場《ひろば》を経由《けいゆ》してもどるルートにしよう」

先輩《せんぱい》がうなずいた。

「ああ、ぼくからルート変更《へんこう》の件《けん》は、『夜《ナイト》』に連絡《れんらく》しておく」

わたしは、ぐっと、手《て》をにぎりしめた。

……ぜったいにコウガを守《まも》ってみせるんだから！

暗《くら》い林《はやし》のなかを歩《ある》きながら、わたしはため息《いき》をこらえた。

……なんで、このメンバーなんだろう。

きもだめしは、同《おな》じクラスの五人一組《にんひとくみ》で行《い》くんだ。

くじ引《び》きで決《き》まるんだけど、もちろん蓮夜先輩《れんやせんぱい》がくじの内容《ないよう》を、操作《そうさ》してるはず。

メンバーは、わたしとコウガと新《しん》……それに、カナタくんと唯菜《ゆいな》ちゃん。

わたしは、まえを歩《ある》く新《しん》に聞《き》いた。

「なんであのふたりがいっしょなの」

「ふたりとも、一度《いちど》巻《ま》きこんでるからな。またねらわれるかもしれない。そのとき、おれたちといっしょのほうが守《まも》れるだろ」

たしかにそうだけど……かなり気《き》が重《おも》い。

わたしは、後《うし》ろを歩《ある》く唯菜《ゆいな》ちゃんを見《み》た。そのとたん、ばちっと目《め》が合《あ》う。

ギラッとその目《め》が光《ひか》って、わたしは慌《あわ》ててまえをむきなおした。こ、こわぁ……。

ガサガサッ！

「きゃあっ！」

草《くさ》むらから音《おと》がして、唯菜《ゆいな》ちゃんが、コウガの腕《うで》にとびついた。

ぎゅうって、その腕《うで》にしがみつく。

「だいじょうぶか？」

「う、うん……ごめんね。わたし、すっごくこわくて」

でもわたしは、見《み》てしまったんだ。唯菜《ゆいな》ちゃんのくちびるが、うっすら笑《わら》っていたこと。

もしかして、あれってわざとこわがってる⁉

まずい、唯菜《ゆいな》ちゃんのほうが、きもだめしのヒロインが上手《じょうず》だ。

またコウガの彼女《かのじょ》が、唯菜《ゆいな》ちゃんだって思《おも》われちゃう！

でもわたしだって、スパイ！　このきもだめし、ぜったいにこわがってみせる！

――ゴソゴソ！

真上《まうえ》から音《おと》と気配《けはい》……でもさっきとちがう。さては敵《てき》の罠《わな》かっ！

「そこだぁっ！」

すぱんっ！　上《うえ》から降《ふ》ってきたなにかを、手刀《しゅとう》ですばやく、たたきおとした。

なにこれ。地面《じめん》に落《お》ちたそれを、足先《あしさき》でつついてみる。

うわ、プルプルしてるんだけど。こんにゃく？

カナタくんが言《い》った。

「これってきもだめしのしかけじゃない？」

えっ、そうなの？

ゴソゴソゴソッ！

「うー……」

草《くさ》むらから、低《ひく》い声《こえ》が聞《き》こえる。すっと、葉《は》のあいだから真《ま》っ白《しろ》な手《て》がのぞいた。

唯菜《ゆいな》ちゃんが、コウガにぎゅっとしがみついた。

「きゃーっ、ゆうれ――」

「こんどこそ敵《てき》かっ！」

叫《さけ》んで、がっとその手《て》をひっつかんで、ひき寄《よ》せた。

「うわああっ！」

なさけない悲鳴《ひめい》とともに、ずるんってでてきたのは……幽霊《ゆうれい》の恰好《かっこう》をした先生《せんせい》だった。

「なんなんだ、いったい……」

うわ、先生《せんせい》がすごく困《こま》ってる。……やっちゃった。

コウガが大《おお》きな手《て》を額《ひたい》にあてた。

「あのさ、普通《ふつう》にこわがるとか、できねえの？」

「ごめん……」

唯菜《ゆいな》ちゃんが、くすくすと笑《わら》ってる。

「あはは、晴《はる》ちゃんっておもしろいね！」

なんだか負《ま》けた気《き》がして、わたしは肩《かた》を落《お》としたんだ。

やっぱりわたし、だめスパイかも。


しばらく歩《ある》いたあと、カナタくんが首《くび》をかしげた。

「あれ、道《みち》ってこっちであってる？」

わたしたちは通常《つうじょう》ルートをはなれて、広場《ひろば》への道《みち》に入《はい》ったんだ。

「あってる。こっちだろ」

新《しん》がさりげなく誘導《ゆうどう》してくれる。このまま、なにごともなく出口《でぐち》まで行《い》ければ……。

ひやり。足《あし》もとが寒《さむ》くなった。草《くさ》むらから、もくもくとスモークがわきだしている。

「これもきもだめしのしかけかな」

カナタくんの声《こえ》に、わたしと新《しん》は、同時《どうじ》に足《あし》をとめた。

おかしい。このルートには、きもだめしのしかけはないはずだから。

ぶわわわっ！　スモークが広《ひろ》がっていく。視界《しかい》が真《ま》っ白《しろ》だ。

「うわっ、やりすぎだろ」

「まえが見《み》えないわ」

カナタくんと、唯菜《ゆいな》ちゃんの困《こま》った声《こえ》が聞《き》こえる。

「――うーらーめーしーやー……」

そのとき木立《こだち》からあらわれたのは、真《ま》っ黒《くろ》な髪《かみ》をだらりとたらした、女《おんな》の人《ひと》だった。

まさか……幽霊《ゆうれい》!?

白《しろ》い着物《きもの》をずるずるとひきずって、ゆっくりとコウガに近《ちか》づいていく。

幽霊《ゆうれい》が、白《しろ》い手《て》をすっと持《も》ちあげた。

その手《て》に――ぎらり、となにかが光《ひか》った気《き》がして……。

「コウガ！」

わたしは慌《あわ》てて、その腕《うで》をひっぱった。体《からだ》を反転《はんてん》させて、幽霊《ゆうれい》の手《て》を蹴《け》りつける！

カンッと軽《かる》い音《おと》がして、地面《じめん》に転《ころ》がりおちたのは、ナイフ！

敵《てき》だ！　でも、どうしてここに!?

「ここじゃたたかえない。カナタくんと唯菜《ゆいな》ちゃんを巻《ま》きこんじゃう。行《い》こう！」

コウガの腕《うで》をひっぱって、スモークをかきわけるみたいに進《すす》んだ。

木立《こだち》からぬけると、そこはぽっかりとひらけた広場《ひろば》だった。

「晴《はる》、黒宮《くろみや》、無事《ぶじ》か」

後《うし》ろから、新《しん》がかけ寄《よ》ってきた。

「カナタくんと唯菜《ゆいな》ちゃんは？」

「煙《けむり》のなかではぐれた。でも問題《もんだい》ないだろ。敵《てき》のねらいは――おれたちだ」

さあっと、風《かぜ》が吹《ふ》く。真《ま》っ白《しろ》な煙《けむり》が吹《ふ》きちらされる――。

そのさきに待《ま》ちうけていたものを見《み》て、わたしは息《いき》をのんだ。

広場《ひろば》には、黒服《くろふく》の男《おとこ》たちがずらりと五人《にん》。真《ま》ん中《なか》のその人《ひと》には見覚《みおぼ》えがある。

「……ヤナギハラ」

コウガの言葉《ことば》に、その人《ひと》はニィッと笑《わら》った。

すらりと背《せ》が高《たか》く、シルバーフレームのメガネをかけている。

この人《ひと》はすこしまえに、コウガをねらって黒宮財閥《くろみやざいばつ》に入《はい》りこんでいたんだ。

『夜《ナイト》』の情報《じょうほう》によると、『スター』のエージェントで、柳原忍《やなぎはらしのぶ》って名前《なまえ》なんだって。

ヤナギハラは、ははっと笑《わら》った。

「あの方《かた》の言《い》ったとおりだ。ここで待《ま》ちかまえていれば、黒宮《くろみや》コウガに会《あ》える、とね」

……あの方《かた》？

新《しん》が舌打《したう》ちした。

「おれたちはここに誘導《ゆうどう》されたってことか」

ヤナギハラが、スーツの懐《ふところ》に手《て》を入《い》れた。

取《と》りだしたのは、銀色《ぎんいろ》の大《おお》きなナイフ。ギラギラと、月明《つきあ》かりに輝《かがや》いている。

「まえは、わたしも本気《ほんき》をだせなかったので」

わたしは、身《み》を低《ひく》くしてかまえた。これは、ちょっとまずい。この人《ひと》、すごく強《つよ》いんだ。

ヤナギハラは、まっすぐにナイフを、わたしのほうにむけた。

「お相手願《あいてねが》いますよ、『夜《ナイト》』の――雪鬼《ゆきおに》」

「うわっ、その名前《なまえ》で呼《よ》ばないで！」

って、言《い》ってる場合《ばあい》じゃない。ナイフの切《き》っ先《さき》が、すぐそばまでせまる。

このあいだより、ずっと速《はや》い。もしかして、これがヤナギハラの本気《ほんき》なのかも！

わたしは、ドンッとコウガをつきとばした。

「うわっ」

軸足《じくあし》で地面《じめん》を蹴《け》って、低《ひく》い姿勢《しせい》のまま、ヤナギハラにとびかかった！

視線《しせん》を横《よこ》にふって、フェイント！　ヤナギハラの視線《しせん》がそっちにむいた瞬間《しゅんかん》。

地面《じめん》に片手《かたて》をついて、真横《まよこ》から、ナイフを持《も》った手《て》を蹴《け》りつけ――。

「――遅《おそ》いですよ」

えっ⁉　その瞬間《しゅんかん》、こっちをむいたヤナギハラと、バチッと視線《しせん》がかちあった。

体《からだ》をそらして、わたしの蹴《け》りをよける。ナイフの先端《せんたん》がこっちをむいた。

やばっ！

「あ、っぶない！」

慌《あわ》ててよけると、地面《じめん》を一回転《いっかいころ》がって、体勢《たいせい》を立《た》てなおした。

強《つよ》い……。ほかの黒服《くろふく》たちも、じりじりとこっちに近《ちか》づいてくる。

どうする。どうしよう！

「晴《ばる》、落《お》ちつけ。ここから脱出《だっしゅつ》するぞ」

こういうときの新《しん》の、クールな声《こえ》は、頭《あたま》を芯《しん》まで冷《ひ》やしてくれる。

そうだよ。今《いま》までだってこんなピンチなんて、たくさんあった。

ははっと笑《わら》ったのは、ヤナギハラだ。余裕《よゆう》そうなのが、ちょっとむかつく。

「さて、これでおしまいにしましょう。黒宮《くろみや》コウガを、こちらへわたせ！」

なんとかしないと。なにか使《つか》えるものはないかな……っ。

パーカーのポケットを探《さぐ》って、ふとそれが手《て》にふれた。

あっ、これだ！

「おい、晴《はる》！」

「えっ？」

新《しん》の声《こえ》に、顔《かお》をあげる。その瞬間《しゅんかん》、正面《しょうめん》から、黒服《くろふく》がつっこんできた。

どかっ！

「うわっ！」

タックルされて、地面《じめん》に転《ころ》がる。体《からだ》を打《う》ちつけて息《いき》がつまった。

ぐらっと視界《しかい》が揺《ゆ》れて、動《うご》けなくて。

ヤナギハラのナイフの切《き》っ先《さき》が、せまって……。

ああ、すっごくやばい。これはだめかも。

そう思《おも》ったとき。わたしと、せまるナイフのあいだに、なにかがすべりこんだんだ。

「つぐ、うあっ！」

「新《しん》……っ！」

ぱっと、目《め》の前《まえ》に赤色《あかいろ》が散《ち》った。

新《しん》の血《ち》だ。肩《かた》から血《ち》を流《なが》した新《しん》が、目《め》の前《まえ》で、ひざをついている。

パーカーが裂《さ》かれて、赤《あか》い血《ち》がぱたぱたと散《ち》って。わたしは、声《こえ》にならない悲鳴《ひめい》をあげた。

「新《しん》！　やだ、新《しん》、新《しん》っ！」

「ばか、うろたえんな！」

わたしの手《て》をふりはらって、新《しん》が叫《さけ》んだ。

「ここをなんとかできるのは、お前《まえ》だけだ、晴《はる》。お前《まえ》の、やるべきことをやれ！」

はっと、われにかえった。

泣《な》くのも、叫《さけ》ぶのもぜんぶあとでできる。

今《いま》、コウガと、そして新《しん》を守《まも》れるのは……わたししかいないんだ。

立《た》ちあがって、そばにせまるヤナギハラの手《て》を、蹴《け》りとばした。

「ぐっ！」

ひるんだスキに、ポケットからとりだしたものを、地面《じめん》に投《な》げつける。

かつんっ。

白《しろ》い球《たま》が転《ころ》がって、しゅうっと煙《けむり》を噴《ふ》きあげた。

「なんだこれは！」

ヤナギハラの叫《さけ》び声《ごえ》が聞《き》こえた。

これは、エンジニアセクション特製《とくせい》の、スモークボール！

かんたんな煙幕《えんまく》を張《は》ることができるんだ。

「コウガ、走《はし》って！」

わたしは、新《しん》に肩《かた》をかしながら叫《さけ》んだ。今《いま》はくやしいけど、逃《に》げるしかない。

すぐそばで聞《き》こえる新《しん》の、苦《くる》しそうな声《こえ》に……泣《な》きそうになりながら、わたしは夜《よる》の闇《やみ》をかけたんだ。


ビーチのすぐ近《ちか》くの木立《こだち》で、わたしは新《しん》を下《お》ろした。

コウガが、スマートフォンを手《て》に叫《さけ》ぶ。

「――だいじょうぶだ、すぐに志真《しま》先輩《せんぱい》が来《く》る！」

木《き》の幹《みき》に新《しん》をもたれさせて、パーカーを脱《ぬ》いで、ぐるぐると傷口《きずぐち》に巻《ま》きつける。

でもパーカーはすぐに、赤《あか》くそまる。

どうしよう、血《ち》がとまらない。

新《しん》が、うっすらと目《め》をひらいた。

紅茶色《こうちゃいろ》の瞳《ひとみ》が、ゆらゆらと揺《ゆ》れて、わたしをとらえる。

「新《しん》、ねえ、だいじょうぶ？」

それに答《こた》えずに、新《しん》はケガしてるのとは反対《はんたい》の手《て》を、すっとのばした。

そうっと指先《ゆびさき》が、わたしの頬《ほお》にふれる。

それが、氷《こおり》みたいにつめたかった。


「……よかった。こんどは、守《まも》れた」


そうして、ほろりと笑《わら》ったんだ。

いつもめったに笑《わら》わないくせに、こんなときばっかり……！

ぱた、と手《て》が落《お》ちる。ぐったりと、新《しん》が目《め》をとじた。

「新《しん》、ねえ、新《しん》！　新《しん》！」

ウソだ、いやだよ——新《しん》！

10 晴《はる》のためなら、死《し》んだっていい

蓮夜《れんや》先輩《せんぱい》がかりてくれたコテージで、じっと待《ま》ちつづける。

先輩《せんぱい》とコウガは今《いま》はいない。きもだめし襲撃《しゅうげき》の、あとしまつをしてくれてるんだ。

目《め》の前《まえ》には、布団《ふとん》で眠《ねむ》っている新《しん》がいる。

何時間《なんじかん》も何日《なんにち》もたったような気《き》がして、心配《しんぱい》で、不安《ふあん》でたまらなかった。

「……う」

小《ちい》さくうめいた新《しん》が、ゆっくりと目《め》をあけた。

紅茶色《こうちゃいろ》の瞳《ひとみ》が、やがてわたしを見《み》つめる。目覚《めざ》めたんだ！

「何時《なんじ》だ……状況《じょうきょう》は？」

新《しん》がそう言《い》った瞬間《しゅんかん》、わたしは叫《さけ》んだ。

「ばかっ！」

ばっと抱《だ》きついた。ぎゅう、と腕《うで》に力《ちから》をこめる。

「うわっ！　え、晴《はる》、おい！」

新《しん》はばたばた慌《あわ》てたり、真《ま》っ赤《か》になったりしてるけど、知《し》らない。

だってすごく心配《しんぱい》したんだから！

やがて新《しん》がぎこちなく、ぽんと頭《あたま》をなでてくれたんだ。

「晴《はる》、ケガしてないな」

「……新《しん》のほうが、大《おお》ケガしてる」

『夜《ナイト》』の医療班《いりょうはん》が見《み》てくれたんだ。傷《きず》はそんなに深《ふか》くなくて、肩《かた》もちゃんと動《うご》く。目《め》が覚《さ》めれば
だいじょうぶだって。

わたしは、ぐっと力《ちから》をこめた。

「あんなの、もうやだ。心配《しんぱい》した」

耳《みみ》もとで、新《しん》が息《いき》をのんだ。

肩《かた》を押《お》されて新《しん》とむきあう。真剣《しんけん》な顔《かお》で新《しん》がこっちを見《み》つめていた。

「おれはさ……晴《はる》のためなら死《し》んだっていいって思《おも》ってる」

目《め》を見開《みひら》いているわたしのまえで、新《しん》が笑《わら》ったんだ。

「あの日《ひ》、そう決《き》めた」

「あの日《ひ》……？」

「おれたちの、最初《さいしょ》のミッションだよ」

あの大雨《おおあめ》の日《ひ》だ。敵《てき》に襲《おそ》われて、新《しん》が最後《さいご》に残《のこ》るって言《い》った。でもそれはいやだって、わたしは新《しん》を追《お》いかけたんだ。

「あのとき、仲間《なかま》が助《たす》かる可能性《かのうせい》が一番高《いちばんたか》いのは、おれが犠牲《ぎせい》になる道《みち》だった。だったらそれが、スパイとして一番正《いちばんただ》しいって、両親《りょうしん》にずっと教《おそ》わってきた」

「教《おそ》わったって……」

新《しん》の両親《りょうしん》はどちらも『夜《ナイト》』のエージェントだ。

新《しん》の手《て》が、小《ちい》さくふるえた。

「おれは、親《おや》に徹底的《てっていてき》に教《おし》えられてきたんだ。スパイに感情《かんじょう》はいらない、生《い》き残《のこ》る可能性《かのうせい》が高《たか》いほうが正《ただ》しい、いつも優秀《ゆうしゅう》であれ……」

その顔《かお》が痛々《いたいた》しくゆがむ。新《しん》はもしかしたら、お父《とう》さんとお母《かあ》さんに教《おし》えられたことが、つらかったのかもしれないって、そう思《おも》った。

「でも……あのときの晴《はる》はちがった」

新《しん》が肩《かた》をふるわせて、そうしてちょっとだけ顔《かお》をしかめた。やっぱり痛《いた》いみたい。

「おれのことが大切《たいせつ》だって理由《りゆう》だけで、生《い》き残《のこ》る可能性《かのうせい》の低《ひく》い場所《ばしょ》に飛《と》びこんできた――それでお前《まえ》……大《おお》ケガしたんだよ」

「えっ⁉　そうだっけ⁉」

「やっぱり、忘《わす》れてんだろ」

あのときのこと、あんまり覚《おぼ》えてないんだよね。たしかに大《おお》ケガで入院《にゅういん》してたけど……あれ、なんでケガしたんだっけ。

「おれをかばったんだ。銃弾《じゅうだん》がかすめて、あちこち赤《あか》くなって……もういいからって言《い》うのに、それでもまっすぐ敵《てき》を見《み》て言《い》った」

――わたしは新《しん》を守《まも》る。いっしょに帰《かえ》るんだ、あきらめない！

「……なんとか逃《に》げて、『夜《ナイト》』の病院《びょういん》にたどりついて……治療室《ちりょうしつ》に運《はこ》ばれたお前《まえ》のそばで、おれはずっと考《かんが》えてた」

新《しん》の声《こえ》が、ふるえている。

「お前《まえ》はきっと、こうやってだれかを守《まも》って、傷《きず》つくんだ」

視線《しせん》をそらしたいのに、それを新《しん》は許《ゆる》してくれない。

「だからあの日《ひ》、晴《はる》の目《め》が覚《さ》めるのをずっと待《ま》ちながら、おれは決《き》めたんだ――」

ふ、と新《しん》が笑《わら》う。

「だったら、お前《まえ》はおれが守《まも》る。晴《はる》のためならおれは、死《し》んだっていい」

心《こころ》が揺《ゆ》さぶられて、なんだか泣《な》きそうだった。

「やだ……」

ぎゅう、と両手《りょうて》をにぎりしめる。

「こわかったんだよ！」

おしだされるみたいに、涙《なみだ》があふれた。

「もう新《しん》がもどってこないかもって、思《おも》ったら……わたし、またひとりになっちゃうって」

ほろほろとこぼれる涙《なみだ》を、新《しん》の指先《ゆびさき》がぬぐう。

「泣《な》くなよ。そうかんたんにやられないだろ。お前《まえ》も、おれも」

ぐす、とわたしは、涙《なみだ》をぬぐった。

そうだ……。泣《な》いてる場合《ばあい》じゃない。

「じゃあ、わたしだって新《しん》を守《まも》る。おたがいを守《まも》るんだ——背中合《せなかあ》わせの相棒《あいぼう》だもん」

新《しん》の紅茶色《こうちゃいろ》の瞳《ひとみ》に、わたしがうつっている。

赤《あか》くなった目《め》で、それでも笑《わら》っていた。

新《しん》が、くしゃりと髪《かみ》をかきまぜる。

落《お》ちつかなそうに、そして、なんだかとても困《こま》ったように言《い》った。

「なあ、晴《はる》。……おれ、スパイ失格《しっかく》かも」

うつむいたその顔《かお》は、耳《みみ》まで赤《あか》い。

「晴《はる》を見《み》てると、心《こころ》がぐちゃぐちゃになって落《お》ちつかない」

目《め》を見開《みひら》いたわたしのまえで、新《しん》は言《い》ったんだ。

「お前《まえ》がだれかに笑《わら》いかけてると、不愉快《ふゆかい》だ。黒宮《くろみや》にせまられてるのを見《み》ると、ひきはがしてやりたくなる」

え……ええっ⁉

「……でも、それでもお前《まえ》を、ずっと見《み》てたいって思《おも》うんだ」

わたしは思《おも》わず、ずる、と一歩《いっぽ》、さがった。

そのぶん、新《しん》が近《ちか》づいてくる。

真正面《ましょうめん》からのぞきこまれて、その瞳《ひとみ》の奥《おく》に炎《ほのお》が燃《も》えるような、熱《ねつ》をおびている。

この瞳《ひとみ》も、感情《かんじょう》も、何度《なんど》だってあこがれた。

これってまさか――恋《こい》、してるってこと？

新《しん》が、わたしに⁉

……あ、ありえないって！　そんなこと！

11 香《こう》水《すい》姫《ひめ》を攻《こう》略《りゃく》せよ

コンコン。

ノックの音《おと》がして、わたしと新《しん》は、はっとわれにかえった。

見《み》つめあっていた目《め》を、ぶんっとそらす。

「あれ、ふたりともどうしたの？」

入《はい》ってきたのは、蓮《れん》夜《や》先《せん》輩《ぱい》だった。新《しん》が平《へい》坦《たん》な声《こえ》で言《い》った。

「なんでもありません」

……すごいな、新《しん》。すぐ冷《れい》静《せい》に戻《もど》ってる。

先《せん》輩《ぱい》の後《うし》ろから、コウガが顔《かお》をだす。

「奈《な》々《な》木《き》のケガはどうだ」

「ああ、問《もん》題《だい》ない。腕《うで》も動《うご》くしな」

ちょっと痛《いた》そうな顔《かお》をしながらも、新《しん》はぐるぐると腕《うで》をまわした。

「間広《まひろ》と西原《にしはら》は？」

「うまく言《い》っておいた。奈々木《ななき》が体調《たいちょう》を崩《くず》して、休《やす》んでるってことになってる」

コウガがそう言《い》ったあと。蓮夜先輩《れんやせんぱい》が、さて、とつぶやいた。

「いくつか、整理《せいり》したいことがあるね」

新《しん》がうなずいた。

「変更《へんこう》されたルートに、敵《てき》の待《ま》ち伏《ぶ》せがありました」

ヤナギハラたちは、まるで、わたしたちを待《ま》ちかまえているみたいだった……。

「ルート変更《へんこう》が決《き》まったのは直前《ちょくぜん》、しかも『夜《ナイト》』しか知《し》らない情報《じょうほう》だ」

むずかしい顔《かお》をした新《しん》に、蓮夜先輩《れんやせんぱい》がうなずいた。

「海《うみ》の家《いえ》のエージェントに、操《あやつ》られた形跡《けいせき》があった。香水姫《こうすいひめ》のしわざだ」

「じゃあ、操《あやつ》って情報《じょうほう》をしゃべらせたってこと!?」

わたしが声《こえ》をあげる。新《しん》が舌打《したう》ちした。

「まずいな。サポート役《やく》とはいえ、訓練《くんれん》を受《う》けたエージェントまで操《あやつ》られるのか」

先輩《せんぱい》が、ひとつ息《いき》をついた。

「『夜《ナイト》』から連絡《れんらく》があった。香水姫《こうすいひめ》は危険《きけん》だ。黒宮《くろみや》コウガを街《まち》に帰還《きかん》させろってね」

「えっ⁉」

……コウガの臨海学校《りんかいがっこう》は、ここでおしまいってこと？

「これ以上《いじょう》、黒宮《くろみや》くんを臨海学校《りんかいがっこう》に参加《さんか》させるのは、危険《きけん》だと判断《はんだん》したみたいだね」

「しかたねえな」

コウガが静《しず》かにつぶやいた。

こんなことは慣《な》れてるって、あきらめた声《こえ》で。

「——反対《はんたい》です！　臨海学校《りんかいがっこう》は続行《ぞっこう》です！」

わたしは叫《さけ》んだ。

だって、やっとコウガは、いつもの学校《がっこう》を楽《たの》しめるようになったんだ！

「遊《あそ》んだり、サーフィンしたりバーベキューしたり、だれかと、夜明《よあ》けの海《うみ》を見《み》たり……」

コウガが、これまでできなかった、楽《たの》しいことぜんぶ。

「コウガのあたりまえの〝いつも〟を、わたしは守《まも》りたい」

蓮夜先輩《れんやせんぱい》が新《しん》を見《み》る。

「新《しん》はどう思《おも》う？」

とたんに、きっぱりとつめたい声《こえ》がひびく。

「黒宮《くろみや》を街《まち》に戻《もど》すべきです。街《まち》なら『夜《ナイト》』を総動員《そうどういん》できるし、黒宮財閥《くろみやざいばつ》の護衛《ごえい》にも期待《きたい》できる――黒宮《くろみや》を守《まも》れる可能性《かのうせい》は、そっちのほうが高《たか》い」

……そう、だよね。

新《しん》は優秀《ゆうしゅう》なスパイだ。〝可能性《かのうせい》の高《たか》い合理的《ごうりてき》な判断《はんだん》〟ってのが、大切《たいせつ》なんだ。

でも、そのときだった。

「……まあでも、おれは相棒《あいぼう》に賛成《さんせい》ですよ」

「えっ」

顔《かお》をあげたさきで、新《しん》が笑《わら》っている。

それはあったかいひだまりみたいな笑《え》みだった。

「おれたちは、困《こま》ってるやつを、助《たす》けるのが仕事《しごと》ですから」

ぶわああっとうれしくなって、わたしは思《おも》わず両手《りょうて》を広《ひろ》げた。

「新《しん》！」

とびつこうとして、ひょいっとよけられる。

「なんでよけるの⁉　今《いま》のは、相棒《あいぼう》のハグをするとこじゃん！」

「………………べつに」

「さっきはぎゅってしても逃《に》げなかったのに!?」

「ばか！　言《い》うな！」

顔《かお》を真《ま》っ赤《か》にした新《しん》に、蓮夜先輩《れんやせんぱい》がくすりと笑《わら》った。

「わかった。ミッションはぼくの判断《はんだん》で続行《ぞっこう》する——なにか考《かんが》えがあるんだよね、新《しん》」

その笑《え》みは、〝ないとは言《い》わせない〟って笑《え》みだ……こわ。

「はい。香水姫《こうすいひめ》はたしかに強敵《きょうてき》だ。でもつけ入《い》るスキはある」

新《しん》がひとさし指《ゆび》を立《た》てた。

「『香水姫《こうすいひめ》』の攻略《こうりゃく》には、いくつか条件《じょうけん》があると思《おも》う」

新《しん》が続《つづ》ける。

「ひとつ、香水《こうすい》を落《お》とせば相手《あいて》はもとに戻《もど》る。操《あやつ》られた不良《ふりょう》たちは、水《みず》をかぶったら追《お》ってこなかったし、『プリンセスの香水《こうすい》』に操《あやつ》られた黒宮《くろみや》も、それでもとに戻《もど》った」

あ、たしかに……。

「ふたつ。操《あやつ》るには、香水姫自身《こうすいひめじしん》がそばにいる必要《ひつよう》があるとおれは思《おも》う。効果時間《こうかじかん》も、そう長《なが》くないはずだ」

「そんなのなんでわかるの？」

わたしが聞《き》くと、新《しん》がこっちをむいた。

「直接《ちょくせつ》、黒宮《くろみや》を操《あやつ》りに来《こ》ないからだよ。黒宮《くろみや》のそばには常《つね》におれたちがいるからな。一瞬近《いっしゅんちか》づいたぐらいじゃ、効果《こうか》がうすいってことだ」

そういえば不良《ふりょう》たちも途中《とちゅう》で、動《うご》きをとめたことがあったよね。

あれって香水《こうすい》の効果《こうか》がきれた、ってことだったのかも。

「……すごいね、新《しん》」

新《しん》は小《ちい》さな手《て》がかりから、ぜんぶを見透《みす》かすみたいだった。

紅茶色《こうちゃいろ》の新《しん》の瞳《ひとみ》が、色《いろ》を深《ふか》めていく。

「さて、『スター』の目的《もくてき》は黒宮《くろみや》を、財閥《ざいばつ》の跡取《あとと》りから下《お》ろすことだ。これをふまえて、黒宮《くろみや》には、おとりになってもらう」

「えっ、コウガに!?」

わたしは思《おも》わず叫《さけ》んだ。新《しん》があっさり言《い》う。

「ああ。敵《てき》だって黒宮《くろみや》を直接操《ちょくせつあやつ》れれば楽《らく》だろ。だから香水姫《こうすいひめ》をおびきだすには、一番効果的《いちばんこうかてき》だ」

「へえ、悪《わる》くねえな」

そう言《い》ったのは、コウガ本人《ほんにん》だった。

「いつも守《まも》られてばっかりだからな、おれもなにかしたいところだし……それに、敵《てき》をおびきだすなんて、おもしろそうだからな」

ニィ、って笑《わら》った口《くち》もとから、ちらりと赤《あか》い舌《した》がのぞいている。

……コウガも、けっこう好戦的《こうせんてき》なとこ、あるよね。

「おとりなんだよ、だいじょうぶなの？」

新《しん》がふっと笑《わら》う。

「問題《もんだい》ない。黒宮《くろみや》を守《まも》るのは、お前《まえ》だからな。――そうだろ、晴《はる》」

新《しん》の笑《え》みは、相棒《あいぼう》のこと信《しん》じてるって、そういう信頼《しんらい》がこもってる。

それがうれしくて……じわ、と頬《ほお》が緩《ゆる》む。

わたしは、あわててきりっと顔《かお》をひきしめた。

「もちろんだよ。コウガのことは、わたしがぜったいに守《まも》るんだ」

先輩《せんぱい》がぱちん、と手《て》をたたいた。肩《かた》でホクトが「にゃあ」と鳴《な》く。

「では、作戦《さくせん》を始《はじ》めようか」

わたしは、大《おお》きくうなずいた。

わたしたちは『夜《ナイト》』。

大切《たいせつ》なものを守《まも》るために、暗闇《くらやみ》からやってくる。
この夜空《よぞら》を疾《はし》って、『星《スター》』をつかまえるんだ。

12 作戦《さくせん》、決行《けっこう》だ

夜空《よぞら》がほんのり青《あお》くなる。あと一時間《じかん》もすれば、朝日《あさひ》が昇《のぼ》る、そんな時間《じかん》。

灯台《とうだい》のまえに立《た》っているのは、コウガと新《しん》だ。新《しん》が言《い》った。

「むかえが遅《おそ》いな。なにかあったのかもしれない。さがしてくる」

うなずいたコウガに、新《しん》が背《せ》をむける。

ここまでが——作戦《さくせん》だ。

『夜《ナイト》』の指示《しじ》にしたがって、コウガの臨海学校《りんかいがっこう》は中止《ちゅうし》。早朝《そうちょう》に来《く》る黒宮財閥《くろみやざいばつ》の車《くるま》で、コウガは街《まち》に戻《もど》ることにした。

……っていう情報《じょうほう》を、『夜《ナイト》』に流《なが》したんだよね。

ぜんぶ、新《しん》が考《かんが》えたウソなんだけど。

新《しん》はコウガをひとりにして、わたしと蓮夜先輩《れんやせんぱい》がかくれている、木《こ》かげにやってきた。

わたしはぼそっと言《い》った。

「……『夜《ナイト》』までだますって、まずくない？」

「香水姫《こうすいひめ》は『夜《ナイト》』のエージェントを操《あやつ》って、情報《じょうほう》をうばってる。だったら、それを利用《りよう》するしかないよね」

にこーっと蓮夜先輩《れんやせんぱい》が笑《わら》う。任務《にんむ》のためなら、味方《みかた》にもぜんぜん容赦《ようしゃ》ない……。

そのときだった。スマートフォンをさわっていたコウガのまえに、人《ひと》かげがあらわれた。

長《なが》いブラウンの前髪《まえがみ》、ちょっとおどおどしたその姿《すがた》に、わたしは目《め》を見開《みひら》いた。

あれ……あの子《こ》って!?

「黒宮《くろみや》くん、だよね。こんな時間《じかん》にどうしたんですか？」

となりのクラスの、咲良美々《さくらみみ》さんだ。コウガが不審《ふしん》そうに首《くび》をかしげた。

「いろいろあって、家《いえ》からのむかえを待《ま》ってる。……きみは？」

「スケジュールを確認《かくにん》しようと思《おも》って、早起《はやお》きしたの。わたし臨海学校《りんかいがっこう》の実行委員《じっこういいん》だから」

コウガが拍子《ひょうし》ぬけした顔《かお》をした。それからあたりを見回《みまわ》す。

「それなら、早《はや》くコテージに戻《もど》れ」

ここはこれから、たたかいになるかもしれない。無関係《むかんけい》な咲良《さくら》さんはあぶない――。

ふわ……っ。風《かぜ》にのって、甘《あま》い香《かお》りがした。

お花《はな》みたいな、人《ひと》を操《あやつ》る、蠱惑的《こわくてき》なにおい。

反射的《はんしゃてき》に、叫《さけ》んだ。

「――コウガ、敵《てき》だ、はなれて！」

一足飛《いっそくと》びにコウガのもとへ！

咲良《さくら》さんを押《お》しのけて、コウガをかばうように立《た》ちはだかった。

よろめいた咲良《さくら》さんが、びっくりしたように、こっちを見《み》た。

「な、なんですか！」

びくびくとした態度《たいど》、困惑《こんわく》した声《こえ》。でもわたしは、気《き》がついていた。

花《はな》のような甘《あま》い香《かお》りと、前髪《まえがみ》の下《した》で、その口《くち》もとがうっすら笑《わら》っていることに。


「……香水姫《こうすいひめ》は、あなただ」


ぶわ、と強《つよ》い風《かぜ》が吹《ふ》く。

長《なが》いブラウンの髪《かみ》が風《かぜ》になびいて――くすり、と咲良《さくら》さんが笑《わら》った。

「……あーあ。こんなダサイ恰好《かっこう》までしたのに、バレちゃうなんて最《さい》っ低《てい》」

さっきとはぜんぜんちがう、高《たか》くてすごみのある声《こえ》だ。

咲良《さくら》さんは、長《なが》い前髪《まえがみ》をがっとかきあげた。強気《つよき》な瞳《ひとみ》。

そのむこうにまたたくのは、長《なが》いまつ毛《げ》にふちどられた、赤色《あかいろ》をのせる。

ポケットからとりだしたグロスで、そのくちびるに赤色《あかいろ》をのせる。

脱《ぬ》ぎすてたジャージの下《した》には、黒《くろ》のトップスに真《ま》っ赤《か》なミニスカート……。

「あはは、この恰好《かっこう》では初《はじ》めましてね、『夜《ナイト》』のみなさん？」

まちがいない。この人《ひと》が、『スター』のエージェント……香水姫《こうすいひめ》だ！

「あなたが学校《がっこう》に潜入《せんにゅう》して、コウガをねらってたんだ！」

クス、と、香水姫《こうすいひめ》の真《ま》っ赤《か》なくちびるが、笑《え》みの形《かたち》に弧《こ》を描《えが》いた。

「――すべては、黒宮《くろみや》コウガから、黒宮財閥《くろみやざいばつ》の跡取《あとと》りの座《ざ》をうばうため」

ぱちり、と長《なが》いまつ毛《げ》がまたたく。

「それに、それさえすめば、黒宮《くろみや》コウガのこと、好《す》きにしていいって言《い》われてるの――こんなカッコいい男《おとこ》の子《こ》、好《す》きにできるって最高《さいこう》でしょ！」

そのとき、がさり、と音《おと》がした。ヤナギハラだ。

「やはり罠《わな》でしたか。黒宮《くろみや》コウガをおとりに使《つか》うとは。なかなかやりますね」

新《しん》がかけ寄《よ》ってくる。

「そっちこそ、さすがに油断《ゆだん》はしてくれないか」

灯台《とうだい》のまわりから、次々《つぎつぎ》と男《おとこ》たちが姿《すがた》をあらわす。

黒服《くろふく》の……『スター』のエージェントたちだ！

「やっちゃっていいんでしょ、香水姫《こうすいひめ》、ヤナギハラ様《さま》」

「ははっ、ガキばっかりじゃないっすか」

ニヤニヤ笑《わら》いながら、鉄《てつ》パイプに、ナイフに……手《て》にたくさんの武器《ぶき》を持《も》ってる。

咲良《さくら》さん……ううん香水姫《こうすいひめ》が、片手《かたて》を腰《こし》にあてて、ぱっともう片方《かたほう》の手《て》をふった。

「やりなさい。『夜《ナイト》』を倒《たお》して、黒宮《くろみや》コウガをうばうのよ」

黒服《くろふく》たちが、いっせいにこっちを見《み》た。そのときだ。

「――晴《はる》！」

蓮夜先輩《れんやせんぱい》だ！　ふりかえった先《さき》で、先輩《せんぱい》がこっちにむかってなにかを投《な》げた。

わたしの武器《ぶき》だ！　ぱしっと、それを受《う》けとった。

真《ま》っ白《しろ》な柄《つか》と、鞘《さや》。

わたしのほんとうの武器《ぶき》、日本刀《にほんとう》――ハルヒメ。

「……これで、負《ま》けない」

息《いき》を吸《す》う。

体《からだ》が、夜《よる》の闇《やみ》にゆっくりとひたされていくみたい。

ゆっくりと鼓動《こどう》が落《お》ちついて、静《しず》かな世界《せかい》にひとり、わたしは立《た》ってる。

ハルヒメの柄《つか》をにぎって、鞘《さや》をはらった。

切《き》っ先《さき》が、夜明《よあ》けの空《そら》の色《いろ》を反射《はんしゃ》する。

輝《かがや》く銀色《ぎんいろ》を、まっすぐにかまえた。

一番大切《いちばんたいせつ》なものを守《まも》るために、だれかが泣《な》かないように。

——わたしは、たたかうんだ。

ダンッと地面《じめん》を蹴《け》った。

ヤナギハラのまえで、ふっと体《からだ》を沈《しず》めると、真横《まよこ》に刀《かたな》をふりぬいた。

「くっ！」

ギンッと、ナイフとのあいだに火花《ひばな》が散《ち》る！

その瞬間《しゅんかん》、黒服《くろふく》が鉄《てつ》パイプをかまえて、横《よこ》からとびかかってきた。

「おらああ！」

「ジャマっ！」

「ぐあっ！」

そっちも見《み》ずに蹴《け》りたおす！　ついでに鉄《てつ》パイプを、宙《ちゅう》で真《ま》っ二《ぷた》つにきりさいた！

「晴《はる》、油断《ゆだん》するなよ」

後《うし》ろで新《しん》が叫《さけ》んだ。黒服《くろふく》の上《うえ》にのって、武器《ぶき》のナイフを蹴《け》りあげている。

新《しん》だって格闘《かくとう》の成績《せいせき》はすっごくよかったんだよね。もちろん、わたしの次《つぎ》にだけど。

とびかかってきた黒服《くろふく》を、ふたりまとめて刀《かたな》の峰《みね》で薙《な》ぎ払《はら》う！

飛《と》んできたナイフをたたきふせ、反動《はんどう》で跳《と》びあがって――ヤナギハラの首《くび》に、その切《き》っ先《さき》をつきつけた。

「だいじょうぶ、ヨユーだから」

ハルヒメをにぎっていると、体《からだ》が軽《かる》くて動《うご》きが速《はや》くなる。まるで風《かぜ》になったみたいにね。

「にゃあっ！」

いつのまにかやってきたホクトが、ぴょんっと男《おとこ》の顔《かお》にとびついた！

「うわっ、なんだこのネコ！」

「にゃにゃあああん！」

ガリガリッとひっかいて、男《おとこ》がのけぞったスキに、その武器《ぶき》をしっぽで弾《はじ》きとばした！

「うにゃあ」

胸《むね》を張《は》ったホクトが、ぴん、と自慢《じまん》げにしっぽを立《た》てている。

ホクトだって、立派《りっぱ》な『夜《ナイト》』のエージェントだもんね！

「すごいな、ホクト」

新《しん》がホクトをほめようと、そっと頭《あたま》に手《て》をのばしたんだけど。

「……ふしゃー！」

バシッと手《て》をはらわれていた。……あ、やっぱりちょっと悲《かな》しそうだ。

とにかく、黒服《くろふく》は、新《しん》とホクトがなんとかしてくれる。

ナイフをかまえたヤナギハラをにらみつけて、わたしはぐっと身《み》を低《ひく》くした。

わたしは、こいつを倒《たお》す！

「昨日《きのう》みたいに、負《ま》けてあげないから」

手《て》ににぎった真《ま》っ白《しろ》なハルヒメと、心《こころ》がとけていっしょになるみたい。

風《かぜ》より速《はや》く疾《はし》って。

ガギィインッ！

そのナイフを、真《ま》っ二《ぷた》つにきりとばした。かえす刀《かたな》の峰《みね》で、ヤナギハラの肩《かた》をたたく！

「ぐ……あっ」

床《ゆか》に伏《ふ》せたヤナギハラが、ぐ、とくやしそうに顔《かお》をあげた。

「く、そっ！」

「これで、新《しん》のかりはかえしたからね」

でもヤナギハラはたおれたまま——ふ、と笑《わら》ったんだ。

「あ、はは、おわったと思《おも》ったら、大《おお》まちがいです。香水姫《こうすいひめ》の力《ちから》をあなどりましたね」

そのときだ。

「晴《はる》！　まずい、黒宮《くろみや》が！」

新《しん》の声《こえ》に、はっとふりかえった。いつのまにかコウガがいない!?

後《うし》ろにしっかり守《まも》ってたはずだし、だれかが近《ちか》づいた様子《ようす》もなかった。自分《じぶん》でどこかに行《い》ったとしか考《かんが》えられない……って、まさか!?

ドンッ！

「なんだっ!?」

新《しん》が叫《さけ》んだ。爆発音《ばくはつおん》がして、灯台《とうだい》の出入《でい》り口《ぐち》からもくもくと煙《けむり》があがっている。

まさか、爆弾《ばくだん》で吹《ふ》きとばしたの⁉

「あははは っ！」

真上《まうえ》から、軽《かろ》やかな笑《わら》い声《ごえ》が降《ふ》ってくる。

見上《みあ》げると、灯台《とうだい》の上《うえ》、ぐるりと柵《さく》にかこまれたその場所《ばしょ》に、香水姫《こうすいひめ》がいた。

そしてそのとなりには、コウガも。

空《から》っぽの目《め》をして、ぼんやりと立《た》っているその姿《すがた》に、ぞっとした。

ふわり、と甘《あま》い香《かお》りがした。

……香水姫《こうすいひめ》に操《あやつ》られてるんだ。

「ねえ、サイコーじゃない？　こんな男《おとこ》の子《こ》があたしのモノになるのよ」

両手《りょうて》を広《ひろ》げて、くすくす笑《わら》った香水姫《こうすいひめ》は、見《み》せつけるみたいに言《い》った。

「あたしのこと、好《す》きって言《い》ってよ、黒宮《くろみや》コウガ」

静《しず》かにうなずいたコウガは、その長《なが》い指《ゆび》で、香水姫《こうすいひめ》のあごをすくった。

その口《くち》もとがやわらかく、ほほえんでいる。

「……好《す》きだよ、美々《みみ》」

それを聞《き》いた瞬間《しゅんかん》、心《こころ》のなかがざわっとした。

操《あやつ》られてるから、本心《ほんしん》じゃない。わかってる。でもコウガの夜明《よあ》け色《いろ》の瞳《ひとみ》が……好《す》きだって、そう言《い》ってくれるその甘《あま》い言葉《ことば》が、だれかにむけられるのが。なんだか、すごくいやだった。

「コウガから、はなれろっ！」

この高《たか》さなら、わたしはのぼれる。灯台《とうだい》にむかってかけだそうとしたときだ。

「やぁだ。こっち来《こ》ないでよ」

香水姫《こうすいひめ》が、コウガの首《くび》に手《て》をまわした。その手《て》には、真《ま》っ黒《くろ》な銃《じゅう》がにぎりしめられている。

コウガを人質《ひとじち》にするつもり!?

「あそこで、迎《むか》えを待《ま》つ気《き》だな」

新《しん》が空《そら》を仰《あお》いだ。遠《とお》くから夜明《よあ》け前《まえ》の空《そら》を裂《さ》くように、バラバラと低《ひく》いプロペラ音《おん》が聞《き》こえる。

「まさか、ヘリで逃《に》げようってこと？」

このままじゃ、コウガがつれていかれちゃう。

「一瞬《いっしゅん》でもスキがあればいいんだけど……」

そうわたしが言《い》ったとき。

「――わかった」

ふ、と目《め》を伏《ふ》せた新《しん》が、ぽつりと言《い》った。

わかった、って？

「……これまではさ、晴《はる》がいたから、見《み》せる機会《きかい》がなかったんだよ」

新《しん》が、すっと指《ゆび》をのばして、左目《ひだりめ》のコンタクトをはずした。

またたいた新《しん》の瞳《ひとみ》は紅茶色《こうちゃいろ》。でもそれは、ほんとうの色《いろ》をかくしてる。

コンタクトをはずして、ぱちり、とまたたくまぶたのむこう。

その色《いろ》に、息《いき》をのんだ。

空《そら》に輝《かがや》く太陽《たいよう》のような、まばゆい金色《きんいろ》の瞳《ひとみ》。

これが新《しん》の、ほんとうの目《め》の色《いろ》……。

「金色《きんいろ》……」

「左《ひだり》だけな。オッドアイってやつ。けっこう目立《めだ》つからスパイには不《ふ》むきで、かくしてた」

右《みぎ》が紅茶色《こうちゃいろ》、左《ひだり》が金色《きんいろ》の目《め》が、きゅうっ、と細《ほそ》くなる。

「この目《め》はちょっと特殊《とくしゅ》でさ。……右《みぎ》にくらべて、ずっと遠《とお》くがよく見《み》えるんだ」

その金色《きんいろ》が揺《ゆ》らめいた。

どこまでも、ずっと遠《とお》くを見通《みとお》すことができる、特別《とくべつ》な金色《きんいろ》だ。

ふい、と視線《しせん》を投《な》げた先《さき》で、蓮夜先輩《れんやせんぱい》がにこっと笑《わら》った。

「新《しん》、言《い》われたもの、持《も》ってきてるよ」

先輩《せんぱい》が投《な》げたそれを、新《しん》は受《う》けとった。

真《ま》っ黒《くろ》な銃《じゅう》だった。

「これがおれの武器《ぶき》――クロカゲ」

黒《くろ》く光《ひか》る金属製《きんぞくせい》で、シンプルなのが新《しん》らしいって思《おも》う。グリップのところに、『夜《ナイト》』のマークが、刻印《こくいん》されていた。

新《しん》は右手《みぎて》で、紅茶色《こうちゃいろ》の右目《みぎめ》をふさいだ。

太陽《たいよう》に似《に》た金色《きんいろ》の瞳《ひとみ》を見開《みひら》いて、クロカゲを空《そら》にかかげるように、腕《うで》をのばす。

黒《くろ》い引《ひ》き金《がね》に指《ゆび》がかかる。


「――晴《はる》、お前《まえ》のために、道《みち》をひらくよ」


ガァンッ！

しびれるような音《おと》の、すぐあとだった。

「きゃあっ！」

香水姫《こうすいひめ》の腕《うで》がはねあがった。新《しん》の弾丸《だんがん》が、銃《じゅう》だけを弾《はじ》きとばしたんだ！

この距離《きょり》なのにすごい！

「行《い》ける……っ！」

わたしが地面《じめん》を蹴《け》ろうとしたとき。

「くっ、させないわ！」

香水姫《こうすいひめ》が、指先《ゆびさき》をひとふりする。

灯台《とうだい》の後《うし》ろからいつのまにか、人《ひと》かげがあらわれた。ずらりとならぶのは……地元《じもと》の不良《ふりょう》たち！

操《あやつ》られてるんだ……こんなときに！

襲《おそ》いかかってくる人《ひと》たちを、あわててよける。

どうしよう、ハルヒメでケガさせちゃうわけにはいかない。

ガンッ、ガンッ！

新《しん》の手《て》で、クロカゲが弾《はじ》かれたようにはねあがった！

「晴《はる》に、近《ちか》づくなよ」

「うっ！」

「うわっ！」

武器《ぶき》だけを弾《はじ》きとばされて、操《あやつ》られていた人《ひと》たちが、ひるんでる！

塔《とう》の上《うえ》で、コウガが、ぐらっと体勢《たいせい》を崩《くず》したのがわかった。

「……うっ」

香水《こうすい》の力《ちから》が、きれかかってるんだ。

香水姫《こうすいひめ》が、ポケットからビンをとりだしたのが見《み》えた。あれが人《ひと》を操《あやつ》る香水《こうすい》だ。

新《しん》がきゅう、と金色《きんいろ》の目《め》を細《ほそ》めた。

「させない」

ガンッ！　香水姫《こうすいひめ》の手《て》もとで、ビンが砕《くだ》けちる！

「行《い》け、晴《はる》！」

新《しん》の声《こえ》に背中《せなか》を押《お》されるように、わたしはかけだした。

もう、邪魔《じゃま》ものはいない。

ハルヒメをかまえて、灯台《とうだい》の壁《かべ》をまっすぐにかけあがる。

ぶわっと、最後《さいご》は風《かぜ》が、体《からだ》を押《お》しあげてくれる気《き》がした。

視界《しかい》がひらける。遠《とお》くに夜明《よあ》けの光《ひかり》が見《み》える。

次《つぎ》の瞬間《しゅんかん》、すたん、とわたしは、柵《さく》に足《あし》をかけてはねあがった。

「助《たす》けに来《き》たよ、コウガ！」

ちょうど今《いま》おとずれようとしている、夜《よ》明《あ》けと同《おな》じ色《いろ》の瞳《ひとみ》が、笑《わら》った。

「ははっ、遅《おせ》ぇよ」

香水姫《こうすいひめ》が、とりおとした銃《じゅう》をひろって、こっちにむけてかまえた。でも落《お》としたときに、こわれたのかも。香水姫《こうすいひめ》はあせったように、ガチャガチャと引《ひ》きがねを引《ひ》いてる。

「どうして！　あたしが負《ま》けるわけないのに！」

銀色《ぎんいろ》の切《き》っ先《さき》を、香水姫《こうすいひめ》につきつける。

「わたしが、世界最強《せかいさいきょう》なの」

ふりあげたハルヒメを、風《かぜ》の速《はや》さでふりおろした。

ギンッ！

きりさかかれた銃《じゅう》が、ごとんと床《ゆか》に落《お》ちる。へな、と香水姫《こうすいひめ》が、床《ゆか》に座《すわ》りこんだ。

もう抵抗《ていこう》できないはずだ。あとは『夜《ナイト》』にひきわたせばいい。

コウガが、小《ちい》さくため息《いき》をついた。

「助《たす》かった、『雪鬼《ゆきおに》』」

「それやめて」

鞘《さや》にハルヒメを納《おさ》めた。

あっ、そういえば、この人《ひと》の『香水姫《こうすいひめ》』って呼《よ》び名《な》、いいなあって思《おも》ってたんだった！

「倒《たお》したから、姫《ひめ》って字《じ》、もらえないかなあ」

ぼそっとつぶやいたら、なんだかコウガが、ははって笑《わら》ったんだ。

「お前《まえ》は姫《ひめ》ってより……『王子様《おうじさま》』だな」

きょとん、としたわたしに、コウガが言《い》ったんだ。

「助《たす》けに来《き》てくれただろ」

「それじゃあ、コウガがお姫様《ひめさま》になっちゃうよ」

「あー……それはねえわ」

妙《みょう》にいやそうにまゆを寄《よ》せたコウガに、わたしは思《おも》わず、ふふって笑《わら》ったんだ。

――バラバラと、だんだん音《おと》が近《ちか》づいてくる。

……真《ま》っ黒《くろ》なヘリコプターだ。『スター』のヘリだよね。

長《なが》いはしごを下《お》ろしながら、ゆっくりとせまってくる。その瞬間《しゅんかん》だった。

「ちっ」

香水姫《こうすいひめ》が床《ゆか》を蹴《け》って、ヘリのはしごにとびついた！

「逃《に》げられる！」

追《お》いかけようとしたときだった。

バチンッと音《おと》がして、わたしの真横《まよこ》のがれきが弾《はじ》けた。銃弾《じゅうだん》だ。

下《した》で新《しん》が叫《さけ》んでいるのがわかった。音《おと》が大《おお》きくて聞《き》こえないけど、腕《うで》を下《した》にむけてふってるから、下《お》りてこいってことだと思《おも》う。

「どうする、晴《はる》！」

コウガが叫《さけ》ぶ。

「下《お》りる！」

香水姫《こうすいひめ》には逃《に》げられちゃうけど、しかたない。

「どうやって！」

灯台《とうだい》の階段《かいだん》は、香水姫《こうすいひめ》が爆破《ばくは》しちゃってるもんね。

「つかまってて、コウガ」

わたしは、コウガにむきあうと、よいしょっと肩《かた》にかかえあげた。

「うわっ、待《ま》て、お前《まえ》まさか、また――！」

よっと！　柵《さく》の上《うえ》に跳《と》びあがった瞬間《しゅんかん》。

地平線《ちへいせん》のむこうから、朝日《あさひ》が姿《すがた》をあらわした。

まばゆい金色《きんいろ》の光《ひかり》が、ざあっと海《うみ》を照《て》らす。

波《なみ》にちらちらと輝《かがや》くそれが、まるで宝石《ほうせき》をちりばめたみたい！

なんだか、すっごく爽快《そうかい》な気分《きぶん》だ。

「あはは、気持《きも》ちいいね、コウガ！」

「そんなわけあるか、下《お》ろせ！」

「行《い》くよ」

ぎゃんぎゃんさわぐコウガを無視《むし》して、わたしは、ひょいっと宙《ちゅう》に身《み》を躍《おど》らせた。

さあっとさしこむ朝日《あさひ》に、ダイブするみたい。

わああ、最高《さいこう》に気持《きも》ちいい！

「うわああっ！」

コウガは、なんだか叫《さけ》んでたけどね。

灯台《とうだい》の壁《かべ》をクッションがわりに蹴《け》って、近《ちか》くの木《き》の枝《えだ》でさらにワンクッション。

ざっと、無事《ぶじ》、地面《じめん》に着地《ちゃくち》した！

「ほいほい飛《と》びおりんな！」

コウガを下《お》ろしたとたんに、猛抗議《もうこうぎ》にあう。

「だってほかに下《お》りる方法《ほうほう》なかったじゃん」

あれ以上《いじょう》あそこにいたら、ヘリから攻撃《こうげき》されちゃったかもしれないしさ。

ぐぅ、とくやしそうに、コウガが手《て》をにぎりしめた。

「だいじょうぶだったか」

かけ寄《よ》ってきたのは新《しん》だ。蓮夜先輩《れんやせんぱい》が後《うし》ろで、遠《とお》ざかっていくヘリを見上《みあ》げている。

「……逃《に》げられたね」

香水姫《こうすいひめ》がつかまったはしごが、あけはなたれたヘリのドアのむこうに、するすると回収《かいしゅう》されていくのがわかる。

その奥《おく》にいくつか人《ひと》かげが見《み》えて。

そのうちのひとりに——わたしは、息《いき》をのんだ。

「……えっ」

つめたい目《め》でこっちを見下《みお》ろしている、その顔《かお》には、見覚《みおぼ》えがある。

小《ちい》さなころから、忘《わす》れたことなんてなかった。

成長《せいちょう》したって、ぜったいに……まちがえるはずなんかない。

わたしの大切《たいせつ》な……双子《ふたご》のお兄《にい》ちゃん。

「……嵐《あらし》」

13 わたし、どっちを選《えら》べばいいの!?

臨海学校《りんかいがっこう》から帰《かえ》ってきてすぐ、わたしたちは、天文塔《てんもんとう》に集《あつ》まったんだ。

あのあと、すっごく大変《たいへん》だったんだよね。

ヤナギハラはいつのまにか逃《に》げてたし、コウガたちとコテージに戻《もど》ったところを、唯菜《ゆいな》ちゃんに見《み》られてて……ギスギスしてる……。

カナタくんも、妙《みょう》にこっちをうかがってる気《き》がするし。

コウガの護衛《ごえい》はこれからも続《つづ》くのに、これから、どうしたらいいんだろ。

はあってため息《いき》をついた。

それに……。

「『スター』のなかに、嵐《あらし》がいた」

窓《まど》からさしこむ夕日《ゆうひ》を見《み》つめて、わたしはぽつりとそう言《い》った。

ヘリにのってたあの人《ひと》は、まちがいなく嵐《あらし》だった。

嵐《あらし》は行方不明《ゆくえふめい》で、やっと居場所《いばしょ》がわかったと思《おも》ったら……『スター』にいるなんて。

どうしてだろう、なにがあったんだろう。

気《き》になることはたくさんあるけど……でもね。

「――……無事《ぶじ》だったんだ」

わたしは、ほろり、とつぶやいた。

ホントはずっと、心配《しんぱい》だった。

お父《とう》さんやお母《かあ》さんみたいに……嵐《あらし》にも二度《にど》と会《あ》えないのかもって、そう思《おも》ってたんだ。

「よかった……ぁ」

ぜんぶがあふれたみたいに、ほろほろと涙《なみだ》がこぼれる。

あわてて顔《かお》を背《そむ》けたとき。

「――いいよ」

ぐっと腕《うで》をつかまれた。コウガだ。抱《だ》きしめられて、ぽん、と頭《あたま》をなでられる。

「たまには、甘《あま》やかされとけよ」

「……コウガ」

「お前《まえ》はおれの彼女《かのじょ》だからな」

「……ニセモノ、だけどね」

でも、そのあったかさが、今《いま》はとてもうれしかったんだ。

ひとりじゃないって、そう言《い》ってくれているみたいだったから。

しばらく、コウガの胸《むね》をかりて、ようやく涙《なみだ》がひっこんだころ。

「…………そこまで」

ぐいっと腕《うで》をひかれて、わたしは、コウガからひきはがされた。

「わっ、新《しん》？」

わたしの腕《うで》をつかんだまま、新《しん》が不機嫌《ふきげん》そうにそっぽをむいている。

ちょっと迷《まよ》って、でも吹《ふ》っきれたみたいに、ふん、と笑《わら》ったんだ。

「おれが、晴《はる》の相棒《あいぼう》だ。護衛対象《ごえいたいしょう》はひっこんでろ」

「あぁ？　相棒《あいぼう》がなんだよ、こっちは彼氏《かれし》なんだよ」

コウガが、もう片方《かたほう》のわたしの腕《うで》をとる。

え、えぇえ、どういう状態《じょうたい》なの、これ!?

……新《しん》とコウガのあいだにバチッて火花《ひばな》が散《ち》ってる気《き》がする……。

わたしのことで言《い》いあらそってるよね？　これって、まさか！

「コウガも、新《しん》も、わたしが好《す》きってこと⁉」

少女《しょうじょ》マンガ（逆《ぎゃく》ハーレムもの！　大好《だいす》き！）であるやつだ。

わたしをめぐって争《あらそ》わないで、ってやつ！

とたんに、ぶわっと顔《かお》が熱《あつ》くなる。どうしよう、いまきっと、真《ま》っ赤《か》だ‼

「わたし、どっちを選《えら》べばいいの⁉」

腕《うで》をつかまれたまま、きゃーって、跳《と》びあがったときだ。

コウガが、はあっとため息《いき》をついた。

「調子《ちょうし》のんな」

新《しん》のつめたい声《こえ》が続《つづ》く。

「はしゃぐな」

「……あれ。つめたいな、ふたりとも」

さっさと腕《うで》をはなされて、ふたりを交互《こうご》に見《み》た。

「もっとこう……『晴《はる》をわたさないぞ！』『決闘《けっとう》だ！』『表《おもて》にでろ、晴《はる》はおれが幸《しあわ》せにする』って、なるところじゃないの⁉」

「妄想《もうそう》はやめろ」

新《しん》の声《こえ》は、いつもどおり氷《こおり》みたいだ。今《いま》までのは錯覚《さっかく》!?

「新《しん》だってわたしのこと、守《まも》りたいって言《い》った！」

「相棒《あいぼう》としてな。スパイの相棒《あいぼう》ってのは、任務《にんむ》に支障《ししょう》がない相手《あいて》ってことだ」

え、えぇえ、じゃあなんであんなに動揺《どうよう》してたの!?

それなら、とぱっとコウガを見《み》る。

「コウガは、わたしのことが好《す》きなんだよね？　彼氏《かれし》なんだよね!?」

「ああ、そうだよ。作戦《さくせん》のためのニセモノ彼氏《かれし》、な」

ニヤッと笑《わら》うそれが、からかってるのか本気《ほんき》なのか、ぜんぜんわかんないんだけど！

わたしは、はあっとため息《いき》をついた。

キラキラな恋《こい》の始《はじ》まりかも？　って思《おも》ったのになあ。

「――晴《はる》？」

ぎくっ！　……蓮夜先輩《れんやせんぱい》の天使《てんし》の声《こえ》だ。

ふりかえると、先輩《せんぱい》がにっこり笑《わら》ってる。

「すべては、ミッション成功《せいこう》のため。わかってるよね？」

「は、はい、もちろんです！」

びしっと敬礼《けいれい》する。

ちらっと、コウガを見《み》る。

それに気《き》づいてニヤッと笑《わら》う王様《おうさま》に、ドキッとする。

慌《あわ》てて目《め》をそらした先《さき》で、こんどは新《しん》が、じっとこっちを見《み》つめていた。

だ、だめ。ドキドキなんて、しちゃだめ！

わたしたちはスパイだから。この恋《こい》は、ほんとうにしちゃいけないんだ。

相棒《あいぼう》でも……ニセモノ彼氏《かれし》でもね。

……この気持《きも》ちは、きっと気《き》のせい、だから!!

それにわたしは、やらなくちゃいけないことがある。

「だいじょうぶです。わたしは嵐《あらし》を、『スター』から、とりもどさなくちゃいけないから」

みんなが、うなずいてくれる。

嵐《あらし》をぜったいにとりもどす……それが、わたしの新《あたら》しいミッションだ！

スパイガール！ 初期《しょき》キャラデザ特別《とくべつ》公開《こうかい》❤

雪《ゆき》乃《の》 晴《はる》

黒《くろ》宮《みや》コウガ

ミステリアスな
超《ちょう》イケメンのコウガの
キャラデザは一発《いっぱつ》OK《オーケー》。
黒《くろ》髪《かみ》&《アンド》キリッと
した瞳《ひとみ》が
カッコいいね！

初期《しょき》キャラデザの髪型案《かみがたあん》も特別公開《とくべつこうかい》！

奈々木《ななき》 新《しん》

志真連夜《しまれんや》

スパイガール!

雪乃《ゆきの》 嵐《あらし》

唯菜《ゆいな》ちゃん

ヘアアレンジや衣装案《いしょうあん》も特別公開《とくべつこうかい》！

スパイガール!

香水姫《こうすいひめ》（咲良美々《さくらみみ》）

あとがき

こんにちは、相川真《あいかわしん》です。

『スパイガール！②』を読《よ》んでいただいて、ありがとうございます！

今回《こんかい》もアクションたっぷりでおとどけいたしました。

とんだりはねたり、だれかのためにたたかったりしている晴《はる》を、カッコいいって思《おも》ってもらえると、とてもうれしいです。

そして、新《しん》の武器《ぶき》のおひろめもありましたね。

新《しん》はいつもクールで、晴《はる》のことをひっぱっていってくれる、大切《たいせつ》な相棒《あいぼう》です。晴十新《はるプラスしん》コンビがますます活躍《かつやく》できるように、応援《おうえん》してくれるとうれしいです！

今回《こんかい》は、臨海学校《りんかいがっこう》ということで、バーベキューにきもだめしに、盛《も》りだくさんでした。あとスイカ割《わ》りと、サーフィン！

わたしは海《うみ》が大好《だいす》きなので、取材《しゅざい》を口実《こうじつ》に、海《うみ》に遊《あそ》びに行《い》ったのが今回《こんかい》、とても楽《たの》しかったです。

海辺《うみべ》で夕日《ゆうひ》を見《み》ながら、波音《なみおと》なんかを聞《き》きつつぼーっとしていると、いろんな悩《なや》みがどうでもよくなったりして、すごく素敵《すてき》な気持《きも》ちになれます。だから大好《だいす》きです。

もちろんスイカ割《わ》りをしたり、バーベキューをするのも、大好《だいす》きです！

いつも、お手紙《てがみ》をありがとうございます。

お返事《へんじ》がおそくてすみません……ゆっくり書《か》かせていただきますね。

そして、素敵《すてき》なイラストを描《か》いてくださった葛西尚先生《かさいなおせんせい》、ほんとうにありがとうございます！

映画《えいが》のワンシーンのようなカッコいいアクションと、キュンとする華《はな》やかな恋愛《れんあい》シーンにドキドキわくわくさせていただいています！

いつもほんとうに幸《しあわ》せです、ありがとうございます！

ではまたお会《あ》いできますように！

相川《あいかわ》　真《しん》

※　相川真先生《あいかわしんせんせい》へのお手紙《てがみ》はこちらにおくってください。
〒101－8050　東京都千代田区一ツ橋《とうきょうとちよだくひとつばし》2－5－10　集英社《しゅうえいしゃ》みらい文庫編集部《ぶんこへんしゅうぶ》　相川真先生係《あいかわしんせんせいがかり》

2巻では
✧新くんのかっこいい一面✧、
♥キュンとするシーン、
✨香水姫の登場など、
新たな魅力を
たくさん描けて
とても楽しかったです！
イラスト担当　葛西尚

集英社みらい文庫

スパイガール！

～ドキドキすぎ!? 御曹司《おんぞうし》の危険《きけん》な臨海学校《りんかいがっこう》～

相川《あいかわ》 真《しん》 作
葛西《かさい》 尚《なお》 絵

ファンレターのあて先
〒101-8050 東京都千代田区一ツ橋2-5-10 集英社みらい文庫編集部
いただいたお便りは編集部から先生におわたしいたします。

2024年11月27日 第1刷発行

発行者 今井孝昭
発行所 株式会社 集英社
〒101-8050 東京都千代田区一ツ橋2-5-10
電話 編集部 03-3230-6246
読者係 03-3230-6080
販売部 03-3230-6393（書店専用）
https://miraibunko.jp
装丁 +++ 野田由美子 中島由佳理
印刷 大日本印刷株式会社 TOPPAN株式会社
製本 大日本印刷株式会社

★この作品はフィクションです。実在の人物・団体・事件などにはいっさい関係ありません。
ISBN978-4-08-321879-8 C8293 N.D.C.913 186P 18cm

スパイガール！
～ドキドキすぎ!? 御曹司《おんぞうし》の危険《きけん》な臨海学校《りんかいがっこう》～
相《あい》川《かわ》真《しん》作《さく》
葛《か》西《さい》尚《なお》絵《え》
「女《おんな》の子《こ》だけど、
私《わたし》が最強《さいきょう》！
超胸《ちょうむね》キュン♡
スパイ学園《がくえん》」
『チームアイズ』
相川真《あいかわしん》先生《せんせい》、
最新作《さいしんさく》！

女《おんな》なら、守《まも》られとけよ
スパイは目立《めだ》つな
蓮《れん》夜《や》先《せん》輩《ぱい》
中《ちゅう》2。晴《はる》たちのスパイの先輩《せんぱい》。天使《てんし》みたいだけど、ドS《エス》。
奈《な》々《な》木《き》新《しん》
中《ちゅう》1。晴《はる》のバディ。いつも冷静《れいせい》で優秀《ゆうしゅう》なスパイ。
黒《くろ》宮《みや》コウガ
財閥《ざいばつ》の跡取《あとと》りで、成績優秀《せいせきゆうしゅう》、超《ちょう》イケメン。ひみつがある？
間《ま》広《ひろ》奏《かな》汰《た》
コウガの友《とも》だち。サッカー部《ぶ》で芸能人《げいのうじん》。
女《おんな》の子《こ》だけど…実《じつ》は最強《さいきょう》スパイだよ！
雪《ゆき》乃《の》晴《はる》
実《じつ》はスパイの中《ちゅう》1。コウガのニセモノ彼女《かのじょ》として学園《がくえん》に潜入《せんにゅう》！
ダメっ子《こ》転《てん》校《こう》生《せい》は、
実《じつ》は最強《さいきょう》スパイ!??
御曹司《おんぞうし》のニセモノ彼女《かのじょ》として、
学園《がくえん》に潜入《せんにゅう》!?
私《わたし》、中《ちゅう》1の雪乃晴《ゆきのはる》。ないしょだけど、実《じつ》は最強《さいきょう》スパイなの。バディの新《しん》と一緒《いっしょ》に、財閥《ざいばつ》の御曹司《おんぞうし》「黒宮《くろみや》コウガ」の護《ご》衛《えい》のため、私立春町学園《しりつはるまちがくえん》に潜入《せんにゅう》するよ！
第《だい》1弾《だん》
スパイガール！
～ミッションは御曹司《おんぞうし》のボディーガード!?～
第《だい》2弾《だん》
スパイガール！
～ドキドキすぎ!?御曹司《おんぞうし》の危険《きけん》な臨海学校《りんかいがっこう》～
大《だい》好《こう》評《ひょう》発《はつ》売《ばい》中《ちゅう》！

だってわたしは、
怪異対策《かいいたいさく》コンサルタントですから！
まずはサインをしてもらって、それから
お話《はなし》を聞《き》かせてくれませんか？

どしゃり。 それは、人《ひと》だった。
腕《うで》と足《あし》がおかしな方《ほう》にまがってる。
じわじわと、身体《からだ》の下《した》に血《ち》溜《だ》まりができていく。

水橋《みずはし》ユキ（中《ちゅう》1）には誰《だれ》にも言《い》えない悩《なや》みがあった。
毎日《まいにち》決《き》まった時間《じかん》に、彼女《かのじょ》にだけ見《み》えるのだ。
——女《おんな》の子《こ》が、真《ま》っ逆《さか》さまに落《お》ちていくのが。
友人《ゆうじん》のすすめで、【怪異対策《かいいたいさく》コンサルタント】を
しているという緋宮《ひのみや》せいらに相談《そうだん》することに。
血《ち》のように真《ま》っ赤《か》な契約書《けいやくしょ》を取《と》りだし、話《はなし》を聞《き》くせいら。
一体何者《いったいなにもの》なのだろう？　信《しん》じてよいのだろうか——？

「みらい文庫《ぶんこ》」読者《どくしゃ》のみなさんへ

言葉《ことば》を学《まな》ぶ、感性《かんせい》を磨《みが》く、創造力《そうぞうりょく》を育《はぐく》む……、読書《どくしょ》は「人間力《にんげんりょく》」を高《たか》めるために欠《か》かせません。
たった一枚《いちまい》のページをめくる向《む》こう側《がわ》に、未知《みち》の世界《せかい》、ドキドキのみらいが無限《むげん》に広《ひろ》がっている。
これこそが「本《ほん》」だけが持《も》っているパワーです。

学校《がっこう》の朝《あさ》の読書《どくしょ》に、休《やす》み時間《じかん》に、放課後《ほうかご》に……。いつでも、どこでも、すぐに続《つづ》きを読《よ》みたくなるような、魅力《みりょく》に溢《あふ》れる本《ほん》をたくさん揃《そろ》えていきたい。読書《どくしょ》がくれる、心《こころ》がきらきらしたり胸《むね》がきゅんとする瞬間《しゅんかん》を体験《たいけん》してほしい、楽《たの》しんでほしい。みらいの日本《にほん》、そして世界《せかい》を担《にな》うみなさんが、やがて大人《おとな》になった時《とき》、「読書《どくしょ》の魅力《みりょく》を初《はじ》めて知《し》った本《ほん》」「自分《じぶん》のおこづかいで初《はじ》めて買《か》った一冊《いっさつ》」と思《おも》い出《だ》してくれるような作品《さくひん》を一所懸命《いっしょけんめい》、大切《たいせつ》に創《つく》っていきたい。

そんないっぱいの想《おも》いを込《こ》めながら、作家《さっか》の先生方《せんせいがた》と一緒《いっしょ》に、私《わたし》たちは素敵《すてき》な本作《ほんづく》りを続《つづ》けていきます。「みらい文庫《ぶんこ》」は、無限《むげん》の宇宙《うちゅう》に浮《う》かぶ星《ほし》のように、夢《ゆめ》をたたえ輝《かがや》きながら、次々《つぎつぎ》と新《あたら》しく生《う》まれ続《つづ》けます。

本《ほん》を持《も》つ、その手《て》の中《なか》に、ドキドキするみらい――。

本《ほん》の宇宙《うちゅう》から、自分《じぶん》だけの健《すこ》やかな空想力《くうそうりょく》を育《そだ》て、〝みらいの星《ほし》〟をたくさん見《み》つけてください。

そして、大切《たいせつ》なこと、大切《たいせつ》な人《ひと》をきちんと守《まも》る、強《つよ》くて、やさしい大人《おとな》になってくれることを心《こころ》から願《ねが》っています。

2011年《ねん》 春《はる》

集英社《しゅうえいしゃ》みらい文庫《ぶんこ》編集部《へんしゅうぶ》